KB155388

딴청피우기

문후작가회詞華集 · 5

어디까지 가는가 지켜 볼 일이다.
굳이 따라가거나 말릴 일도 아니다.
소리쳐 붙잡을 일은 더구나 아니다.
겉과 속이 다른 말들이 밀려오고
기 막히는 일들이 굴러다녀도
모르는 척 관심 없는 척 할뿐이다.
그러다 깜박 잊게 될 그때
홀연히 다시 나타나는 것이다.
알면서도 그 속까지 알면서도
딴청 피우듯 돌아서서
오래 삭히고 삭히다 보면 그때
만나게 될 것이다. 한 편의 진실.

차 례 CONTENTS

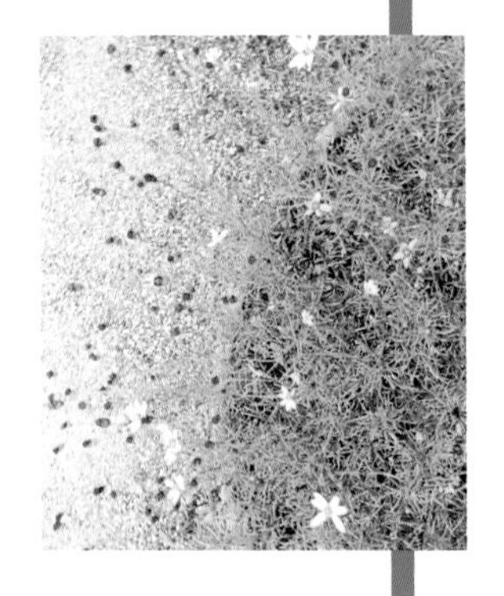

隨筆

상상의 날개

대개 사람들은 현실부터 따집니다. 그것만으로도 바쁘고 복잡하기 때문입니다. 당장 이권과 금권이 오간다면 더할 나위 없습니다. 거기에 욕심까지 얹으면 현실의 늪에서 헤어 나오기 어렵습니다.

누구나 현실을 살아갑니다. 그러나 현실은 발목을 잡거나 한계에 부딪치는 경우가 허다합니다. 글 쓰는 사람들도 현실만 붙잡고 늘어지면 한계를 만나게 됩니다. 그때 상상을 불러들여야 합니다.

상상은 문학의 존재의미입니다. 현실에 활력을 불어넣고 이야기를 찾아내며 독자를 감동으로 이끌게 하고 의미까지 남겨주는 역할을 합니다. 상상을 허무맹랑한 이야기라고 하는 사람도 있지만 그렇지 않습니다. 현실이 못하는 일을 그동안 상상이 대신해 주었기 때문입니다.

상상은 神이 인간에게 내려준 은총입니다. 누구나 그냥 사용하라고 준 평등의 선물입니다. 부유하거나 가난하거나 차별이 없습니다. 오히려 마음 가난한 사람들이 상상을 많이 하게 됩니다. 그래서 글 쓰는 사람들은 늘 마음이 가난해야 합니다.

문학 세계에서 상상은 언제나 왕입니다. 비유니 상징이니 모두 상상 아래에 시읍 할 수밖에 없습니다.

문후작가회 5집을 만들며 언제, 어디서, 어떻게 상상을 사용하고 있는가 스스로 점검해볼 필요가 있습니다. 『딴청피우기』라는 제목에 걸맞은 모습들을 또 상상해 봅니다.

배 준 석 시인 · 문학이후 주간

초대시 | 배준석

반가사유 외 2편

그는 아침마다 걸터앉는다
10분 20분 30분
깨달음은 멀기만 하다
근심 내려놓기가 그리 쉬운가
살 속에 똬리 튼 묵직한 것들이
몸속에서 나뒹굴다가 뭉쳤다가
한 덩어리 시원스레 내려놓는 일
어디 생각처럼 쉬운가
비우려는 공덕을 아침마다 반복하지만
원수처럼 달라붙어 떨어지지 않는
깨달음은 꼬리 자르고 도망치는
도마뱀 같이 도무지 밟히지 않는다
저간의 세월이라며 마지막 용을 쓴다
용 한 마리 시원스레 승천할 것인가
겨우 꼬리 잘린 도마뱀 한 덩이
꿈틀꿈틀 기어 나왔다
서툰 해탈에서 벗어 나오듯
반가사유에서 풀려난다
속세의 하루가 일어선다

분갈이

때로 오래된 마음도 엎어놓고
껍데기를 살짝 벗겨 놓으면
메마른 먼지부터 폴폴 날 것이다
푸석푸석해진 마음에
풀 한 포기 나무 한 그루
깃들일 곳도 없어
바람에 이는 먼지만 만날 것이다

물 한 방울 촉촉할 새도 없이
살아온 잔뿌리들
삽으로 한번 푹 떠다 버려도 좋을
그만큼 흙 한 덩이 움켜쥐고
그곳이 우주요 하늘이요 땅이요 거처요
벗어나지 못하고
갇혀서 묶여서 옴짝달싹 못한 흔적
고스란히 드러날 것이다

내던져두고 내버려두고
물 한 방울 사랑 한 모금 제대로
뿌려주지 않았어도
제가 알아서 제 인생 살아온 날들
기른 것도 아닌데 기른 것 같이

보살핀 것도 아닌데 보살핀 것 같이
생색만 난무하던 날들이 이렇게
가뭄 속에서 견디는 일에 이력이 났구나

내가 나를 사랑하지 않고
어찌 내가 너를 사랑한다 할 수 있으랴
촉촉한 눈빛으로
촉촉한 싹 틔워놓지 않고
어찌 이 봄날을 견딜 수 있으랴

눈물이라도 서너 방울 뿌려놓고
메마른 가슴 다독이며
3월도 하루 엎어 놓고
일 년도 하루 뒤집어 놓고
모처럼 마음 껍데기 벗겨놓고
분갈이 한다

장어

따끈한 가을 햇살에
낙엽을 눕힌다
고만고만
입에 알맞은 낙엽을
노릇노릇 굽는다
고소하게 익는 냄새
여름내 흘린 땀이
기름지게 흘러내리고
입맛 돋는 가을 한 입
후끈 베어 문다
햇살도 입에 착 붙는다

배준석 | 1993년『시와시학』등단. 시집『접신』등.
수필집『구름을 두드리다』등. beajsuk@hanmail.net

詩

강명숙

고정숙

김말희

박재숙

박점득

송천일

신경자

이근숙

이나연

임창선

정라진

허말임

시 | 강명숙

낮은 곳으로

강원도 홍천 가마골엔
앞 못 보는 홀아비 동생과
하반신 마비로 뒷다리
끌고 다니는 개 한 마리
그들을 돌보는 누님이 산다는데
그녀의 시간은 계절의 발자국 따라
욕심 없이 흘러간다

앞 마당가 황토빛 절개지는
아직도 제 속살 갈무리 못하여
상처 덧나고
물 속 깊은 곳 잠재워둔 고향집
해지는 대문 밖에서
어머니 밥 때 알리는 소리
아지랑이로 피어 오르는 소양호

사방 둘러보아도
나물 한 보시기에 농담 한마디
얹어 줄 이웃 하나 없어도
골짜기마다 지천인
잔대 순, 미나리, 곰취나물 푸짐한
보리 비빔밥 한 양푼에
배부른 트림

연화장

마지막 그의 열정
타오른다
온몸 사르며 피어오르는
그의 다 하지 못한 말
따가운 햇발처럼 타오른다

깨어나지 못하는 꿈이 너무 깊어
되돌아 먼 길 떠나는 이의
벗어 놓은 말들에는 날개가 많다
환청처럼 종일 귓가에서
날개 파닥이는
그 말 귀 기울이려
새벽 세 시를 벽에 걸어두고 눈을 감으니
달빛의 글썽이는 눈빛이 서늘해
가슴 밑바닥으로 쌓이는
울음에선 모래 흐르는 소리가 난다

숨 가쁘던 시간 말끔히 지우는 지금
남는 것은 빈 손
이곳에선 두 손 흔들어
그의 홀가분한 빈 손 축복하자
그리움 솟을 때마다

몸속 가득 출렁이는 사연들이
그를 위한 만장으로 펄럭인다

손톱을 물어뜯는 것은

아이가 손톱을 물어뜯는 것은
자라는 자신을 물어뜯어 주저앉히는 행위

줄기차게 손톱을 물어뜯는 아이는 제가
디디고 선 발밑의 각도를 몰라 두렵습니다
아이는 허공을 물어뜯고
자주 제 마음도 물어뜯습니다
앞뒤로 달라붙는 그림자를 밀어내려
안간힘을 씁니다
그러다 제 그림자에 걸려 넘어지고
다시 일어나려 손을 내밀어 보지만
역시 잡히는 건 그림자뿐입니다

모자람을 따라잡으려 안간힘을 써 봐도
뭉툭해진 길이에 장착된 그림자
눈물로도 저어갈 수 없어 산처럼 높은 벽
하나 둘 불러보면 메아리는 셋 넷
늘 어긋나는 그 길이가
너무 멀리까지 가지 않았으면 좋겠습니다
눈물을 가두는 방법으로
손톱을 물어뜯습니다

젖을 빨 때의 각도를 잊지 못하는 아이
언제나 허기진 비릿한 맛
엄마, 왜 당신은 낯선 얼굴로 거기 서 있나요
소리 없는 외침
채워지지 않는 목마름으로
대신 이빨 날카롭습니다

메소드 연기법

너는 너무 멀리 있어 뿌연 실루엣
간간이 팔딱이는
맥박으로 겨우 살아있음을 알리고 있다

돌아앉은 너의 등 뒤로
말없음표의 정적을 못견뎌하며
긴 날들이 서성이고
꼬인 매듭의 출발점은 선뜻 손을 내밀지 못한다

내가 너로 빙의 되려면
안개 속 같은 너의 마음으로 길을 내고
박음질하듯 촘촘하게 엮인 미로를
조금씩 녹여 가면 될까
어둠 속을 더듬어 찾아가다 보면
가슴 쓰리게 바동거리며 종종걸음 친
살아보지 못한 너의 날들이 내게로 다가서고
네게 감염된 아픔이
옮아오는 느낌을 알게 될거야

이쯤에선
머뭇거리는 몸짓으로 거부하면 안되지
살과 살이 맞닿고

온기가 느껴지는 어느 순간
너를 깨고 너를 안고 너를 마셔야지

잔잔한 물결처럼 밀려와
비로소 너는 내게로 스민다

강명숙 | 2013년『문학이후』등단. jsknej@hanmail.net

시 | 고정숙

겨울 조각배

그 가벼운 옷자락을 날개라도 편 듯
흰눈이 나들이 나온 강가
던져 놓은 신발짝처럼
두물머리 강가에 두 조각배
제멋대로 얼음 위에 박혀있다
눈이 신발 두 짝을 신었다
얼어버린 발을 빼지 못해 더 작은 조각이 되어
지난여름 햇빛을 식히느라 푸르게 멍들었던
강물의 발자국조차 묻어버린 세월을
제 가슴에 꼬옥 껴안은 채
신발 두 짝이 놓인 건 누가 떠난 것
얼음처럼 무거운 이야기 조각배 두 짝에 벗어놓고
눈 녹듯 강물 따라 간 사공의 넋인가
눈이 조각배를 신고 멈추어 있는 사이
꺾어지는 바람의 온기에 빼앗겨
푸른 기운이라곤 소리밖에 없는 갈대가
눈발같이 푸스스 날리는 목을 가누느라
마른 눈물을 훔친다
바람이 신고 가려다 뒤돌아서고 뒤돌아서는
벗겨지는 신발 두 짝
흰눈이 벗어주지 않는 얼음 강 위를

갈대가 조각배에 넋을 싣고 노젓는다
스륵스륵 스륵스륵

두근두근 내 인생[1)]

마당이 좁은 판잣집 울타리에
오이가 달려있다
엊그제 노랗게 꽃이 피었다 했는데
금세 노각이라는 이름으로
피부가 꺼슬하게 늙어버린 오이
한 아 름[2)]
열일곱 나이에
자신에게서 아버지의 여든 한 살을 보고
태어난 이래
한 번도 젊은 적이 없는 자신을 아버지에게서 본다[3)]
자신도 도통 어리둥절 찾지 못하는
외로운 축지법
세월을 뚝 잘라 몸에 감았나
크면서부터 누르스름한 빛깔을 띠는 신품종 오이처럼
그가 먹은 나이 속엔
겹겹의 풍부한 주름과 부피가 없었다[4)]
누가 먹고 간 시간인지
무엇이 지우고 간 세월인지
그가 잃어버린 먼 순간을
가져보지 못한 사춘기를 향해 피어나는
잎사귀를 뒤적이며 찾아도 모르겠다
잠깐 한눈 판 사이

번개처럼 녹아서 지나갔나
잘려나간 청년시절을 향해
넝쿨손을 뻗는 줄기를 훑어도 흔적이 없다
시간을 맞당기다 놓쳐버린
쪼그라든 고무줄처럼
혼자만 건너뛰어진 공간
텅 빈 열일곱 살 오이를 새바구니에 담는다
두근거리는 내일의 늙은오이씨가 그 속에 있다

---

1) 김애란 소설 책 제목
2) 조로증을 앓고 있는 주인공
3~4) 한아름(주인공)의 대사

방음벽

피이이익 칙칙
전동차의 마디에서 부대끼는 목소리를 듣는다

부천을 벗어나기 전 역곡을 지나는 길
제 목소리 철판 한 자락처럼 묵묵히 덮고
남의 지친소리 화난소리 덤덤히 들어주던 남자
때로는 답답해 보였다
철판을 자르고 붙여 벽을 세우는 남자
마디마디 철길을 건너오는 요란한 물음에도
붙여 세운 벽의 이음선을 잠근 듯
입을 닫고
한 마디 헛소리도 없이 가슴 두꺼운 벽이었는데
오늘은 기침소리가 난다
어딘가 틈이 생겼나
두드려도 찬 쇠조각의 표정
한 빛깔로 앞만 보던 등 뒤에
필시 삭게 만든 눈물이 있었나 보다
한 세월 단단할 것 같은 가슴이
약한 바람에도 픽–
늘 지나는 전동차소리에 등줄기가 떨렸다, 작게
그 앞에 등을 덮어주는 현수막 하나

고정숙

-근로자의 날

얼얼해진 당신의 귓가에 바람막이 벽을 세웁니다

봄 마늘

어둠을 벗겨내듯 몸을 풀었다
방안엔 미역국이 아닌
이제 막 깍지를 풀고 나온 홋잎 나물냄새가 났다
여자의 몸이 후줄근히
밑둥이 미끈거리는 원추리나물처럼
속이 꺼지고 있었다
뱀도 겨울잠에서 깨어나는 삼월삼짇날
몸 푼 지 사흘도 못 넘긴 여자가
이제 막 껍질을 벗고 나온 마늘밭에 앉았다
봄도 여물지 못하고
마늘도
갓 스무 살 여자의 몸도 설부른 찬바람에
여물지 못하고
시어머니의 호된 눈초리가 매웠다
보릿고개로 향하는 삼월이 더디기만 했던
스무 살 여자는
그 마늘이 매운 살을 감추어도
찬바람 맞은 봄마늘처럼 맵고 시리다
삼월이 수없이 밀어내며 돌아도
아리게 껍질을 만들었던 여자 몸은
흙을 뚫지 못하고 빈마늘쪽을 잡고 있나 보다
그 몸이 평생 맵고 아리게 갇혀버린 마늘밭에
삼월의 봄이 또 온다

고정숙

어디서 왔다가 어디로 가는가

새롭게 출발하는 여러분
입사를 축하합니다

안산문화원 옆 빈 공터에는
뜯겨진 책장처럼 읽히고 싶었던
읽히다 덮어진 현수막이 쌓여있다
녹슨 이동식 창고에도
그득한 소리들이 넘쳐 삐어져 나오고
여기저기 제 몸으로 만든 자루에도
미어져라 구겨져 아우성이다
아직 펴지 못한 두루마리처럼
돌돌 말린 한 무더기가
얼굴을 감추고 수군거린다
제대로 보여주지도 못했는데
너무 많은 말이 섞여서
들어줘야 할 귀는 눈을 감고 잠잠하다

창고 대 방출 전년도 재고정리
단 한번 마지막 기회 80~90% 세일

다른 얼굴에 눌리고 묻혀 구겨질대로 구겨져
흩뿌리는 장맛비보다 땅에 뒹구느라 땀에 젖었다

서서 버티었던 허리끈 강제로 잘리고
거머쥐었던 손도 풀려
지칠대로 지친 얼굴들
무엇을 위해 살았는지
그 중에 어느 손에 솎아져
내일의 다른 모습으로 펼쳐질 수 있을까
뒤적뒤적, 가려진 글자들
얼굴빛은 노랗고 눈들은 붉다

구관이 명관 새로운 일꾼
저를 뽑아주신다면 열심히 일하겠습니다

호야나무 아래서

사그락
깨질 것 같은 꽃잎이 나무 아래 흩어져
복더위에 땀처럼 구른다
부스러기 꽃잎이
뜨거운 칠팔월을 상맛비처럼 뿌리고 있다
비벼버리고 싶도록 하얗게 바래지도
베어내고 싶을 만큼 푸르게 빛나지도 못한
해미읍성 성지의 울음 참던 한 그루 나무*가
수수수
매달려 눈감던 가쁜 숨을 퍼뜨린다
철사줄에 감기어 잘리던 신음소리 피었다
발 아래 질펀히 밟히는 울음
떨어지고 뭉개지고 쓸려가고
다 떨어져 끝인가 올려다보면
그래도 무수히 엉켜있는 울음진 꽃
잔잔한 잎새 사이로
뜨거운 여름을 제 몸으로 피었다 식히고
지쳐가는 칠팔월을 위로한다
무수히 바스러지는 꽃잎이
쉬이 떨어져 끝내지 못하는 건 아직
열매로 남고픈 이야기가 많아서 일까
꽃잎에서 사그락 거리는 숨소리

낮은 곳으로, 더 작은 곳으로 향한다

* 서산 해미읍성에 있는 회화나무. 천주교 박해 때 교인들을 나무에 매달아 죽였다.

고정숙 | 2010년 『문학산책』 등단. 시집 『궁금할 시간이다』
kojs3615@hanmail.net

시 | 김말희

내시경

세상에서 가장 긴 강이 흐르고 있는
몸속을 유영하네
몸속 물의 색을 하얗게 흐려놓은 유액은
몸속 돛단배되어 떠도네
아득한 강 속을 떠도네
드넓은 중국의 창강長江에 흘러들어
삼대 시인을 만나는가
목젖 어디쯤 두보의 춘야희우春夜喜雨를 만나
봄비에 속절없이 앓지는 않겠네
계절 잃은 수렴동에 서서 떨어지는
폭우를 즐겨보겠네
거꾸로 세상을 바라보면 어지러움도 없이
신기한 것 가득해 웃음이 절로 나네
아름다운 홍등紅燈이 가득한 그 거리에
무슨 복福이든 차고도 넘치게 흐르는지
단단한 위벽에 소동파의 적벽부를 적어놓겠네
구부러진 줄기를 따라 한숨 쉬어보며
소동파가 거닐었던 대나무바다에 들어서서
한 가닥 낮게 깔리는 퉁소소리도 들어보겠네
금빛으로 출렁이는 강 그 강가에 서서
저무는 저녁놀을 바라보면
도연명의 귀거래사歸去來辭가 들려오네

그대 지금 어디로 돌아갈까
발길 아득해지네.

어떤 장례

골목을 빠져나온 연탄재가 도로를 굴러간다
미처 타지 못해 남아있는 재의 검버섯
바람에 시달린 흔적 역력하다
누군들 생애에 반짝이던 순간은 있었겠지만
지그시 눈 감아보면 순간은 너무 멀리 있다
고통을 이고 사는 이를 옆에 두고
눈뜨는 아픔을 차마 바라보지 못했을 그녀
외출이란 병원 속에 있는 남자를 만나러 가는 일
창밖 느티나무의 키가 자라나는 것을 바라보고
병원 뜰의 꽃들은 몇 번인가 다른 종으로 바뀌어갔다
마디 굵은 손과 뭉텅해진 손톱이 언제부터인가
지극히 자연스러워서 다른 골목을 기웃거렸다
빛이 쏟아지는 골목의 안, 그만
내려놓을 어둠이 있었다는 것을
병원 뜰의 꽃이 시들어가고 계절이 바뀌고 있었다
한 때의 아름다움이 붉은 재의 가슴으로 뛰고
한 때의 푸른 꿈은 몇 번씩 커브를 돌았지만
한 번도 바꾸지 못한 길,

그녀가 입은 粗服이 화려하다.

파인애플 파는 사내

맞지 않아요 당신 이름이 준이라는 것
누가 지어주었을까요
푸른 물결 비취색이 반짝이는
지구의 동쪽에서 온
차라리 팜이나, 림카라거나
내가 알고 있는 눈 크고, 검은 빛이 나는
그런 얼굴들 같은 이름이 맞을 것 같군요

맞지 않아요 당신 고향이 진주라는 것
채 익지 않은 파인애플의 꺼끌거림으로 남아있을
낡은 운동화에 스며든 비릿한 바다냄새
바닷가에 줄서 있는 푸른 야자수 사이로
모래사장 길을 거침없이 달렸겠지요
그렇게 달려온 길이기에 차라리
저기 먼 에덴동산 같은 곳이라고 말해야 옳지 않은가요

물이 흘러내릴 때까지도
아무도 사주지 않는 파인애플을 들고
당신은 소년과 같은 웃음을 웃더군요
그 마음은 푸른 야자수 잎으로 넓게 펼쳐지고요
그 아름다운 지구의 동쪽을 그리워하는 까닭이겠지요

김말희

긴 속눈썹 안의 검은 눈동자가 쏟아내는
키 큰 나무의 이야기를 듣기까지
당신의 생애가 한 개의 파인애플에 담겨있는 줄 누가 알까요.

김말희 | 2007년『문학산책』등단. lipt3@hanmail.net

시 | 박재숙

은밀한 만남

모두가 숨죽인 시간
그를 만났다.

서로 당황하며
한발짝 뒤로 물러섰다.

더듬더듬 시선을 피하는 그
시커먼 누더기옷 걸친 모습이
작고 초라하다.

찬새벽 추위 피해
살짝 담을 넘은 그
뱃가죽이 등골에 달라붙어 있다.
부엌을 뒤지고 있다.

마주친 순간
멈춰버린 몸짓
머리를 가슴팍에 묻고
점이 되어 옴츠리고 있다.

먹을 것뿐이라면
적선이라도 해줄량으로

그를 부르지만

인심 사납다는 듯
쭈뼛 쭈뼛 눈길 피하며
뒤돌아 한달음에 달아나는 그

시커먼 모습이 추레하다.

레드와인에 빠지다

빨간 레이블에 빠졌다.

선명한 레드인가 싶은 블랙의
섬뜩한 미소에 풍덩 빠지다.

헤어나올 수 없는 깊이로
자꾸만 빠져드는 늪
팜므파탈…
치명적 관능이 정강이에 차오른다.

몽롱하면서도 아지랑이 같은 강한 실루엣의
늪에 빠져 밤을 잊는다.

우울한 영혼
거부할 수 없는 유혹에 허우적거린다.

낡은 경첩에 메달려 삐그덕거리는 유리문같이…
고장난 시계추같이…
흐느적거리는 다리
흐느적거리는 바람
깊어가는 밤도 흐느적거린다.

박재숙

누에처럼 움츠린 내모습이 남루하다.
수명을 다한 밧데리같이…

그녀의 뜨거운 피가 손끝까지 전율한다.
마력에 빠져
나는 오늘밤 방전되고 만다.

연필

매일밤
나를 더듬는 사내가 있다.

을스산한 야밤
인적 없는 구석진 곳에서
나는 그를 만났다.

섬뜩한 구릿빛 피부
자그마한 체구에 그의 호기는 도발적이다.
내몸에 고정된 더듬이 바짝 세운다.

그것은 농후한 현악기의 활이 된다.
고조된 성감을 조율한다.

바르르 떨리는 입술에, 세워진 촉각
그의 마법은 내몸을 옴쭉 못하게 한다.
구석구석 핥아 내려간다.
성난 젖무덤이 봉긋하다.

징그러운 독주에 새어나온 신음 허공에 흩어진다.
곡선을 자극하는 터치와 내 옅은 신음의 협연

화관은 이어지고 내 눈과 귀는 멀었다.

머리에서 발끝, 그 깊은 詩 구절까지
아찔한 클라이맥스.

박재숙 | 2014년『문학이후』등단. wotnr6151@hanmail.net

시 | 박점득

밤

하루를 떠나보내고
새날을 잉태하고
밤은 늘 같은 꿈을 꾼다

낮이 떠난 자리,
그 옷자락 끝에서 어둠이 흘러내린다

밤은 누구에게나 공평하다
화려함이나 촌스러움이나
눈을 뜨나 감으나
평생 까만색만 고집한다

밤은 낮의 이면에서
끝내다 만 하루를 완성하느라
새까맣게 타들어간다

하루가 끝나고
자정을 넘어뜨린 밤의 맥박소리
또 다른 새날을 창조한다

황사

아침 눈을 뜨니 세상은 온통
고비사막이다

네 살 막내딸을 집에 두고 걸어서 병원 간
불혹을 남겨둔 울 엄니
불쑥 집으로 돌아왔다
대문으로 들어올 수 없다고 울타리를 뜯고
안방에 모셔도 안 된다고
사랑채를 부산하게 치우는 동안
동짓달 서릿발 마당에서 기다렸다

의료사고라는 말조차 모르는 나이에
말을 잃은 나는
배고픈 아이처럼 실컷 울고나 싶은데
곡소리 한번 지르지 못하고 어처구니없는 客死의 관습을
시린 손깍지 사이에다 꽁꽁 집어넣고 말았다
눈물도 사치 같아 밤이 밤인 줄 모르고
눈코입 틀어막고 아무 틈에 촘촘히 끼어 살다
잃어버린 푸른 세월

지는 해 바라보는 언덕바지에서 가만히 돌아보니
농익어 톡 터진 고름 같은 가슴팍

고비고비마다
가볍게 날아오른 고비사막이
누렇게 달라붙어 어떤 바람에도 잘 숙성된
城 하나 서있다

나보다 젊은 엄니랑
지난 날 다 토하고 싶은, 저곳
오늘도 황사가 불고 있다

설마

그럴 리는 없겠지만 설마, 그걸 믿는 건 아니겠지?

사방은 막히고 오로지 하늘만 뚫린 길에서
희끄무레 보이는 지푸라기 한 가닥

한여름 뙤약볕에
속살 다 내어준 홑껍데기
홱 낚아챘다

언제 깨질지 모를 외로운 빙판 위에서
갈기도 없는
설마를 믿음처럼 꼭 붙들고,

나락 잎아 피어라
들녘아 푸르러라

설마, 하지만 그리만 된다면야

봄날은 간다

어젯밤 사실처럼 선명한 꿈을 꾸었다
반세기 만에 만난 엄니는 어린 내 손목을 끌다시피
한눈판 아버지 봄날을 뒤밟느라
밤새 헉헉거리셨다

순진무구한 엄니
여자여서라기보다
자식을 둔 엄니여서
넘실대는 몇 년 묵은 간장독이 박살나도
지나가는 꽃샘바람이려거니,

이 꽃 저 꽃 그 어떤 꽃도 다 좋은
나비 날갯짓을
가슴에 품고 때를 기다리다
제대로 한 번도 피워본 적 없이 다 놓쳐버린
여자의 일생

어젯밤 꿈에도 서럽게 봄날은 가고 있었다

박점득 | 2006년 『문학산책』 시, 2007년 『에세이문예』 수필 등단.
시집 『쉿!』. happy2197@hanmail.net

시 | 송천일

구수한 그리움

단풍 꽃잎처럼 날리는 내장산
꿈 많은 시절 따라오는 동창회 날

주름진 세월 속
하얀 서리꽃 머리에 꽂고
지나온 이야기 도란도란
가끔 깔깔거리는 소리로
산을 흔들어 놓았다

생의 일군 되어
허둥지둥 살아오는 동안
풋풋한 모습 세월에 조금씩 조금씩 물들어
머지않아 색 바래 쭈글쭈글 낙엽 되어 가는데
철없는 동심은 아직도 남아 뛰놀자 한다

선물 받은 둥굴레
주전자 속 차로 팔팔 끓여지면
동창들 깔깔대던 소리가 들리는 듯하다

둥굴레 차와 한 몸 되면
동창들 모습이 구수한 그리움 되어
눈앞에 서성거린다

그늘

등나무 그늘 아래
이리저리 넘나드는 풀벌레처럼
당신의 그늘 아래 철없이 조잘대며
뛰어 놀던 자식들

때로는
등나무줄기같이 꼬이고 꼬여
숨막히는 생활 속 그늘 드리우느라
겪어야 했을 아픔 오죽했으랴

삶이란
생각대로 살아갈 수 없는 법
푸르름 늘 무성할 줄 알았는데
병든 잎 오그라져 쭈글쭈글
그늘 가냘퍼 서글프다

노쇠한 몸
희미해져 가는 기억
움직임 무디어진 몸뚱이
죽음의 그늘 드리운 또 다른 세상으로
한 발 한 발 힘없이 내딛는 발걸음 속에서
자식들 전화 목소리가
당신의 시원한 그늘이다

말뚝에 묶인 소처럼

말뚝 하면 생각난다
친구 남편 동창생
소같이 우직한 그 남자

녹록지 못한 생활 속
일찍 철이 들어
또래들 상급 학교 갈 나이
손님들 머리 감기며 배운 이발 기술

때로는 주인 꾸지람
면도날에 베이듯
상처에 쓰라림 많이도 아파했지

주머니는 넉넉지 못해
다소 배는 고팠지만
하나하나 익혀가는
기술 즐거운 활력에
천직으로 살아온 그 남자

또래들보다
일찍 자리 잡아 고향의 국진이발관
말뚝처럼 간판 달고

아무리 자동이 자리잡으려 해도
수동만이 허락된다며
큰소리치는 그 남자

명예퇴직이니 정년이니
낙엽처럼 떨어질 나이
손 안에 길들여진 가위 꼭 잡고
직이 있으면 식이 있다고
손놀림 보람으로 살아가는 그 남자

주름 꽃

꽃봉오리 피어나
벌 나비 부르듯
구수한 고향 향기 날리며 찾아온 그녀

지난번 동창회 이후
일 년이 지난 우리의 만남

남편 교통사고로 일찍 세상 떠나
세 아이와 힘들게 살아온 그녀

가진 것은 없어도 마음자리 넓어
오고가는 만남 속 빈 손은 안 된다며
양념 하나라도 챙겨주는 큰언니 같은 그녀

지치도록 힘겨운 생활 속에서
한 잎 한 잎 주름 꽃 피우기 까지
그 얼마나 많은 바람에 흔들림이 있었을까

아무리 아름다운 꽃이라도
오래지 않아 시들건만

외로워서 단단해지는 겨울나무처럼
사랑의 눈길 없이 피어난 주름 꽃
어느 꽃이 이보다 더 아름다울까

송천일 | 2013년 『문학이후』 등단. sci-1001@daum.net

동시 | 신경자

겨울방학

납작납작 깔아놓은 돌 틈으로 기어드는 물소리가 돌돌돌돌

납작납작 엎드려 있는 돌 위를
사내 녀석들이 이리 뛰고 저리 뛰면서 아작아작

여자 아이들은 손에손에 쟁반 같은 뻥튀기 들고 도란도란

모두들 손에손에 뻥튀기 들고 아작아작

삼성초등학교 아래 삼성천에서
누나 같은 학원 선생님이 나누어 주는 뻥튀기

남녀 학생들 모두 아작아작 씹으며
이 학원 저 학원으로 이차 삼차 겨울방학 공부하러 다닌다.

납작납작한 돌 틈에서 흐르는 물소리만
돌돌돌돌 얼음 밑으로 숨어든다.

얄미운 아기

작은이모가 아기를 낳았다.
쪼그만 얼굴에 눈, 코, 입, 귀도 인형처럼 생겼다.
매서운 겨울 지나고 따뜻한 봄을 기다리는
목련 봉오리처럼 보송보송 잠도 잘 자고
아기 곰처럼 하품도 하고
배고프다고 칭얼칭얼 보채기도 한다.

외할아버지가 오라고 하면
부끄러워서 숨바꼭질 하는 것처럼
엄마 뒤로 숨어버린다.
외할아버지가 작은 오빠에게
윙크하는 것처럼 눈짓을 한다.
작은 오빠가 외할아버지 품에 안기려고 하면
얼른 내가 먼저 외할아버지를 독차지 한다.

오빠들보다 나를 예쁘다고 안아주던 외할아버지,
외할머니 큰이모, 외삼촌, 하물며 엄마까지도
갓난아기만 들여다보고 작은이모 닮았다고 좋아한다.
자기하고만 놀아달라고 서로 싸우고 경쟁하던 오빠들
이제 나는 거들떠보지도 않는다.

따끈한 물에 목욕하고 말끔하고 보송보송한

포대기에 싸여 누워있는 아기가
예쁘기도 하지만 얄밉기도 하다.

집에 와서 엄마에게 때려주고 싶다고 한마디 했다.
아기는 때리면 안된다고 예뻐하고 돌봐주어야 한다고
그래야 예주처럼 아기도 예쁘게 크는 거라고
엄마에게 한마디 들었다.

오리입이 하마입으로

길고 긴 여름 장마를 끝까지 물고 늘어지는 폭염
큰딸이 사업상 부부동반 여행가면서 맡기고 간 두 녀석
티브이 앞에서 선풍기와 에어컨 가지고 티격태격 한다.

지방 공연 간다고 장돌뱅이처럼
강원도 정선으로 훌쩍 떠나버린 할아버지
그것이 못마땅해 오리입으로 변한 할머니

늦게까지 일하고 집에 오니 친할머니 댁에 놀러 간다고
부녀가 사라져 버리고 혼자 남은 큰이모

관악산 만하게 높은 배를 안고 나타난 작은이모

여우 같은 햇살에
늑대 같은 폭우로
손바닥만한 양산 두 개에 산전수전 다 겪고
폭포가 있고 아이들이 물놀이도 할 수 있다는
이름도 거창한 폭포수식당에 갔다.

쏟아지는 폭포수에 발 담그고 휘적휘적
변덕스런 여름 장마에 이만하면 안전하다고
생각한 할머니의 만족스런 하마 웃음

중학교 일 학년 큰 녀석은 물놀이 안한다고 오리입으로 변신
초등학교 삼 학년 작은 녀석도 무엇이 마음에 안 드는지
심통이 나서 음식도 제대로 안 먹는다.

할머니가 만들어 놓은 물 위 원탁에는
옆 테이블의 아가씨들이 차지하고
무엇이 그리 즐거운지
꼬마 아기들까지 곁들여서
셀카에 웃음꽃이 여우같은 햇살이다.

생각다 못한 큰이모가 발 벗고 나섰다.
두 녀석을 데리고 조금 전 내린 폭우로
사람의 마음속을 모르듯이 깊이를 알 수 없는
흙탕물로 변신한 계곡으로
풍덩
두 녀석 좋아서 입이 하마처럼 귀에 걸렸다.
입술이 새파래지도록 나올 줄 모른다.

할머니 키를 훌쩍 넘은 녀석들
펄펄 날듯 뛰어다니는 모습에

사춘기 아이들 깊은 속을 늦게야 깨달은 할머니
세대 차이를 느끼면서 오리입이
혹시라도 물속에서 다칠까 염려스러워
걱정 많은 하마입으로 변했다.

안양예술공원 계곡에서의 하루

칭얼칭얼

백일 지난 손녀가 놀러왔다.
잘 먹고 순하게 놀던 녀석이 갑자기 칭얼칭얼
안아줘도 칭얼칭얼
눕혀 놓아도 칭얼칭얼
제 어미 품에 안겨 눈을 맞추어도 칭얼칭얼
어디가 불편한가 이마를 짚어 보아도 칭얼칭얼

밥 먹으러 간 식당에 눕혀 놓으니 쌩긋쌩긋
손가락 빨면서 쌩긋쌩긋

하도 조용해서 다시 쳐다보니 쌔근쌔근
스르르 눈 감고 쌔근쌔근

칭얼칭얼
쌩긋쌩긋
쌔근쌔근

일년 중 가장 덥다는 초복
역시 손녀는 효녀다.

신경자 | 2012년 『문학이후』 등단, sin43881@hanmail.net

시 | 이근숙

옛 생각

아버지 주춧돌 역할 하실 적 고향집은
자갈돌 지푸라기 듬성듬성 박힌 흙 담장에
줄 장미 서로 엉겨 자지러졌다
담장이 버거울까 조심조심 기어올라
숨죽이던 장미와 마당에 깨끔 뛰던 아이들
까르르 웃음소리 사립을 넘을 적에
사랑채 수문장인 등 굽은 노송
동아줄 그네는 바람도 무등 태웠다
암소가 되새김질하는 한가로운 바깥마당
어른 키 배가 넘던 무궁화 한그루
피고지고 지고피는 꽃그늘 아래
암소가 가끔 성가신 쇠파리 쫓을 때
화관 쓴 무궁화 이웃사촌 산초나무는
발그스름한 아이들 껴안고 신방을 꾸몄다
그 옆으로 눈길 한번 받지 못한 꾸지뽕나무
괜히 심술보 터트려 송곳 가시 세우면
옳거니,
아버지는 요놈도 따로 쓸 때가 있다며
메스mess 대신 자연산 의료기구로 썼다
어린 우리들 부딪치고 넘어져 상처가 생기면
꾸지뽕나무 가시가 메스가 되었고

붉은 머큐롬 정강이에 바르던 그때가
꿈속에는 아직까지 생시처럼
물풍선 감촉의 탱글탱글한 생각들만
시공을 넘나든다 나 다시 어린애 되어.

우편함

부여받은 숫자가 명에가 되어
싫다 좋다 내색 없이
독촉장 같은 세금고지서
광고물 나부랭이
조건 없이 받는다

월말이면 속이 꽉 찬 것 같아도
죽정이 빈 껍질 뿐 알곡은 드물다
상상임신 헛배 안은 새댁처럼
지난날 애틋한 사랑 목마르지만
또박또박 정성들인 사연은 없다

때때로 금박은박 단장해서
반듯한 치장이라 마음 떨려 개봉하면
몇 십 년 연락 없던 동창들의 청첩장
어쩌다 반듯하게 격식 차린 봉함편지는
사돈팔촌보다 먼 사람 부음 소식뿐이다.

층층나무

청계산 오르는 길
6월의 나무들은 북청색이다
저마다 한껏 신록에서 짙푸르게
키대로 가지를 쭉쭉 뻗으며
너도나도 영역을 넓히지만
계획대로 한 층씩 공사 중인 나무가 있다

기초공사부터 다잡아
아래부터 일정하게 높이를 조절한다
양생의 법칙으로 햇볕과 바람이 드나들도록
창문을 내듯 간격과 안배가 맞게
타인의 시선도 배려해서 한 층씩
자로 잰듯 정확한 공식도 적용한다

조바심내지 않는 마음도 넉넉하게
촛대 끝에 앉아 우는 뻐꾸기가 먼저 들까
아니면 목소리 텁텁한 직박구리 부부가 짐을 풀까
홀아비까마귀가 문을 두드릴지 몰라
먼 길 다니러온 아비 밥 한 끼 대접 못한 산비둘기
청승스레 울어도 다독이며 받아 줄 마음을 짓는다

청계산 오르는 길

숲들 제 몸집 불리는 6월
천편일률 비슷비슷 유행 따라 뽐내지만
우뚝 솟은 빌딩 숲 한켠 보금자리 서민아파트처럼
초라한 것 같아도 꼭꼭 감춘 꿈 야물게 영그는
수수하게 보이는 집 한 채 짓고 있다.

환경적 요인

서울참새는 뭘 먹는지 모르지만
시골참새는 6월이면 뽕나무 오디가 밥이다

처마 끝 시골참새는 보라색 똥을 누지만
서울참새는 누는지 안 누는지 알 수 없다

시골참새도 서울로 묻어 들어와 반세기 쯤 흐르면
숙맥 같은 마음에 결기가 돌고 굳은살 박혀
눈치 빤한 서울참새처럼
인기척에도 제풀에 놀라지 않는다

짹짹거림과 재잘거림은 다르지만
내 마음 같으려니 하는 속마음 버리게 되고
눈치코치 짐작으로 알게 되어
손가락질 무시해도 데면데면 환경에 적응한다

겉과 속이 달라도 얼굴 붉히지 않고
요리조리 약삭빠르기도 백단쯤 되어
타인의 기습에 상처를 받아도
아무렇지 않은 듯 분장도 한다

저기 총총 머리를 까딱거리는 한 무리 참새 떼들
서울참샌지 시골참샌지 구분 못하듯
동글동글 댓잎에 구르던 재잘거림 같은 건 이미 잊었다

잡식성 먹이로 입맛이 달라진 뒤 그래도 6월이면
가끔 꿈속에서 보라색 똥 누는 꿈을 아직도 꾼다.

이근숙 | 2003년 『문학산책』 등단. 시집 『생각들이 정갈한 저녁』
수필집 『두루미 날개 접다』 『텃밭 둘레길』
gopsul12@hanmail.net

시 | 이나연

나는 새벽이면 버려졌다

창백한 달이 뜬다 청둥오리 지나간 길을 따라
쾨쾨한 공장의 소음이 스르륵 자취를 감추고
각질 같은 먼지마저 축축 늘어지고 있다
막걸리 세 병이 주름져 침을 흘리며 널브러졌다
그럴 때면 마른 논바닥 같은 이곳으로 갈매기가 울었다
내가 도는 것인가 세상이 도는 것인가
갑자기 허기가 밀려오고 냉장고를 열자 뱃고동 소리
초롱꽃 속에 산딸기를 삼키자 울음이 툭 소리를 낸다
저 아래로부터 서서히 물소리를 내며 내가 자라 나온다
화장품 가방을 멘 엄마는 단골손님 엄마~엄마~흑~흑
구겨진 이불을 덮으며 나는 그 옛날 옹알이를 하고 있다
이런, 벌겋게 달구어진 문자가 어디로 튈지 모르겠다
나는 포효하는 세상에서 이렇게 천진하게 가슴이 뜨겁다
육두문자도 간혹은 날려줘야 정신을 차린다 제초제 인간들
이제 곧 입양될 시간이다 내 사랑 태양이 웃으며 오고 있다

이별 초대

뒤뚱대는 곳마다 수시로 소금과 통후추를 뿌려댔다
시들고 맵게 스치는 날에는 눈물의 향기가 났다
쓸쓸하게 넘어지지 않으려는 야무진 꿍꿍이와 함께
눈과 귀가 모의하여 마음을 뿌리고 다니던 때는
입에서 순한 미풍이 불고 희생마저 달콤했다
너무 설익은 건 아닐까 이제 알게 뭐란 말인가
어차피 껍질같은 기다림은 질겨서 식욕이 없지
그가 언제나처럼 초대손님으로 배달되고 있다
변한 거 없이 익숙하다는 건 가까이 있다는 확인
이 자리가 좋겠지요 회오리치는 이곳 나락의 입구
더욱 화끈한 생각으로 집중되던 메아리가 들리나요
오늘의 메뉴, 좋아한다 좋아한다 좋아한다 좋아한다
맙소사, 장난처럼 회복되어 메롱거리는 혀의 감각
겨우 하루를 지탱하지 못한 숨 막히는 허기를 어쩌나
새롭게 마주한 순간이 다시 배를 채우자 눌러앉는다
꽃 한아름 같은 심장이 접시 위에 쏟아져 퍼덕거린다
저물어가도록 뒤통수를 향한 초대장이 발그레 작성되었다

아지트의 언어

치열한 술래잡기는 언제 끝이 날까
가장 깊숙할수록 치명적인 법
귀를 막아 두었다는 걸 천둥치고서야 알았네

한동안 해바라기를 하고 있었어
오직 느껴지는 건 지금도 햇살이 달콤하다는 것
그녀가 가져온 말들 빗질을 하자 차분해졌어
척척 아무렇게나 걸쳐 두었다가 바람에 실어 보낼 거래
그녀는 손 떠난 엉뚱함을 알지 못하지 여리니까
힘든 시간들을 마구 쏟아내고 올 텐데 오물들을 어쩌나

주섬주섬 사는 것도 과거가 빠져나가는 건 아니야
잊으려고 애써 꺼내지 않았을 뿐 곰팡이가 걸어 나오지
어느 새벽 문을 쿵쿵 두드리며 찾아들지도 몰라
떠나간 시간 서러워 찾아왔노라고 보고 싶었다고
그러면 그 무엇이 되는 법을 잊었다며 보내야겠지
나가려는 말들을 단단히 붙잡아야 해 홀로 견딘 시간들

이제 내 언어는 몇 바퀴를 돌아 풀려버렸네
고대 마법사들의 아리송한 주문처럼 주인을 잃고
잠시 나뭇잎처럼 흔들리다가 어딘가로 날아가겠지
구속이란 얼마나 갑갑한 모양새냐 막는다는 철없음

그가 힘들었을 거라 건네는 눈빛을 달콤하게 받았지
그저 흘러갔을 뿐 모든 것이 따뜻한 침묵으로 흐르고 있네

만남이 흐른다

바람이 노닥거리는 날이면
개천가 들풀같은 대폿집으로 간다
포플러 그늘 짙게 내리고
물가에 차오른 이야기 일렁이는 곳
욕쟁이 할멈 막걸리에 요구르트 휘저어
때려버리라는 꼭대기같은 건배 명령
차마 바보처럼 미적거리는 마음뿐
쓰다듬고 안아주고픈 마음뿐
술은 안면을 트면 살가운 구애로
속을 야금거려 소유하려 드는 것
이번에는 굳이 이별의 잔인가 미련의 잔인가
우리가 어찌 이리 만났을까요
흡족한 웃음에 곧 내려앉을 땅거미
할멈 등을 내리친 수많은 사연
바위처럼 굳어지고 주름졌을 뿐
젓가락 장단에 정선 아리랑 털려나가고
저 멀리 언약이 구름따라 흘러간다

거대한 이별

살구빛 흙먼지 튀어 하늘로 올랐다
태양은 벌건 혀를 놀려 톡톡 쏘아붙였다
또 무슨 숨통을 조이려는 것인가 절대자의 횡포
찡그린 언어를 마주하는 이 없어도
살가운 눈물은 형제처럼 땀과 맞잡고 새어 나왔다
파비아노라 했다 로마교황의 이름을 빌렸던 이
그를 따르는 무리가 검은 물결로 출렁인다
어떤 이는 메아리가 되고 어떤 이는 예언자가 되었다
그의 진실한 무게는 강 사장이라는 세속의 틀
한 덩이 죽어버린 시간을 묻는다는 건 깃털처럼 가볍구나
강 사장 저승에 문패를 달 수 있거든 청홍사 가져가시라
한 삽 두 삽 그 위로 쌓이는 단절이 무심하게 내린다
결국 이것이었는데 결국 이것이었는데 흙 흙 흙
풀 한 포기 가질 수 없는 곳에 불러들이다니
어둡고 음습한 곳에 현실의 껍데기를 부탁하다니
로마교황 파비아노 별수 없이 낮은 곳으로 임하셨다
용케 살아보려는 자들의 발걸음만 각자의 길로 분주하다

이나연 | 2012년 『문학이후』 등단. lsm3957@hanmail.net

시 | 임창선

수도꼭지

살짝 손가락 끝으로 눌렀을 뿐인데
탁! 고개를 숙이는 수도꼭지
아침밥을 지어야 하는데
쿵, 내려앉는 가슴

서둘러 관리실에 전화를 하고
다시 00인테리어에 SOS
그런데 이게 웬 말?!
수도꼭지 하나에 10만원 이라고
거기에 수리비까지 3만원

아무리 세태가 바뀌었다 해도
아닌 건 아니지
여기 저기 알아보고
땀나게 뛰어도 보고
부글부글 속을 끓여보다
드디어 한 곳 문을 두드리다

아! 네
모두 7만원에 해드리지요
20분도 안 돼 펑 펑
눈물처럼 흐르는 수돗물

그저 얼싸 안고 싶은
미처 몰랐던 번쩍이는 수도꼭지

버려진 빈터에 흔들리는 꽃들

구겨진 얼굴
버려진 광고지를 줍는다.
아직 남겨진 깨끗한 뒷면
모서리 빈터에 꿈을 뿌린다.

비 그치고
무지개 뜨면
촉촉이 품어 안은 흙 사이로
갸웃이 내미는 파릇한 새싹
하늘 땅 뿌리 내리니

눈부신 아침
강물처럼 흐르는 생기生氣
수줍어 웃는 은은한 꽃송이
씀바귀, 나싱게,
초르쟁이, 제비꽃…
한적한 들녘 어울리고 출렁이고
상큼한 열매 맺히려나…

화사한 광고지를 줍는다.
그대 가슴 빈들에 흔들리는 꽃들
사각 사각 꿈을 채운다.

밤꽃

六月이라 山허리 돌아
훤칠한 그이 돌아오네.
눈꽃같이 허연 꽃 쏟아질 듯 메고서
꿈결인가 저벅저벅 걸어오네.

개망초 흐드러진 오솔길 지나
접시꽃 애틋한 그림자 넘어
시냇물 뽀오얀 속살 넘보다
어설픈 웃음 흘리며 흘리며
주춤주춤 사립문 들어서네.

그간 소식 없이 미안했노라고
山일이 너무 바빠 그랬노라고
뿌리 내리기 잎 피우기 몸 다듬기
춘하추동 석삼년 긴긴 해
이제 겨우 첫 꽃을 피웠노라고

슬며시 펼쳐놓은 풋자리
꿀 향기 펄펄 날리는
숨막히는 님 내음
저 은밀한 곳 서리서리 쌓이는데
밖은 아직 벌건 대낮

목련꽃 벙그는 날

높게 울리는 전화벨 소리
'언니, 성룡이가 미국에서 온대
로또 당첨된 것 보다 더 기뻐
김치도 담고 게장도 담가야지
이불 홑청도 갈고……'

낮게 울리는 전화벨 소리
'언니, 난 헛 산 것 같애
아들에게 아무것도 해 준게 없어
김치랑 두 짐 잔뜩 보낸 것밖에
어제는 하루 종일 울었어'

잔잔하게 울리는 전화벨 소리
'동생아, 걱정 마
엄마의 활짝 핀 얼굴
정성스런 밥
상큼한 열무김치
보글보글 된장찌개면
아들에겐 훌륭한 선물이지
우리 만나자, 아욱국 끓여놨어
배꼽 잡는 이야기도 나누고'
'그래 언니, 시래기 삶은 것 가져갈게'
목련꽃 벙그는 날

너와 나 기막히게 어우러질 그때

지평祗平으로 이사 가신 집사님 내외
향긋한 깻잎과 함께
정성으로 싸주신 맛있는 된장

길들인 뚝배기에 쌀뜨물 받아 넣고
된장 한 수저에 멸치 두어 마리
보글보글 자갈자갈 정성으로 끓인다.

뚜걱 뚜걱 애호박에 파르르한 콩두부
마늘, 파, 홍고추 색색으로 썰어 넣고
떠오르는 얼굴 얼굴들
그 정겨운 눈웃음도 솔솔 뿌려주고

은근한 불길에 때를 기다린다.
피어오르는 구수한 향기
듬뿍 한 수저 고향집 그 맛

푸근한 보리밥에 쓱쓱 비비면서
깻잎도 척척 걸치면서
맴도는 군침 꿀떡 넘기면서

홉뜬 눈, 눈
아낌없이 벌어지는 입, 입
너와 나 기막히게 어우러질 그때

임창선 | 2002년 『21세기문학』 등단.
isse21@naver.com

시 | 정라진

별의 내력

–전태일을 그리며

칙칙한 물감에 젖은 바다 일찌감치 벗어나
모래톱 사이 서성이며 다시 바다를 바라보았어
거친 물살에 부대끼고 부서져 녹초가 된 채
떠밀려온 또 다른 나를 끌어안고 다독거렸어
모래 평전에서 더러는
모래게의 집이 되어주고 밥이 되어주기도 하면서
말똥말똥 숨 쉬는 눈빛으로 바다를 바라보았어

누군가의 평전을 읽고 읽는 중일까? 파도는
밤낮없이 책장을 넘기느라 지친 손가락으로
찢기고 부스러져 부유하는 활자들
모래 위로 가만가만 밀어놓고
다시 바다로 나가기를 되풀이했어
나는 모랫바닥 나뒹구는 활자 하나하나 끌어모아
모래톱에 긴 문장을 펼쳐놓고 다듬었어
열악한 세상의 바다로 거듭 실어 보내야 했으므로,

석양의 파도는 먹물을 갈아 문장 위에 바르고
얇은 금빛 종이 포개어 탁본을 떴어
수평선 끝자락 하늘 벽까지 내달려
손 번쩍 뻗어 찰싹 붙여놓은 탁본, 펄럭거렸어

어두운 곳에서 펄럭이는 탁본의 문장
제구실 톡톡히 해낸 별자리처럼 빛 뿜어낼 때
고단한 일상을 접은 사람들 하늘 우러러보며
별의 내력 고스란히 읽어주곤 했어
내가 고스란히 읽혀지고 있었어

그때, 소리만 단비처럼
−전태일을 그리며

전자과 B라인 컨베이어벨트
삐걱삐걱 돌던 길 뚝 멈춰 설 때
딱딱한 의자 박차고 일어선 어린 여공들
허기진 배 채우려고 현장 문 밀치고 나간다
후두두둑 소낙비 머리 위로 쏟아져 내릴 때
손바닥우산 받치고 우르르 식당으로 몰려간다

외따로 뒤떨어진 어린 여공
화단언저리에 풀 죽은 듯 털썩 주저앉아
쥐가 난 다리 움켜쥐고 이마 찌푸리고 있다
뻣뻣한 다리의 컨베이어벨트에 윤활유처럼
그의 산화소식 빗줄기 타고 들려온 걸까,
몸은 녹아 없어지고 소리만 단비처럼
어린 몸뚱어리로 스며든 걸까,
그 부재 슬퍼할 겨를 없이 힘으로 채워진 걸까,
망초 꽃대처럼 가녀린 다리 디디며
구부린 허리 어질어질 펴고 있다

잔업에 철야에 힘이 부쳐 이 악무는 걸
때도 알아차린 듯이 마침,
어깨 토닥토닥 적셔주던 빗줄기
시들지 말고 꿋꿋이 일어서라는

그의 손길이었다는 걸
귀가 순해진 나이 넘고서야 깨달았다는,

멍

파도에도 창문이 있어
바람의 소용돌이 막아주네요
저 바람의 파도를 넘어 멀리 날아갈
날개를 찾지 못해 다시 발버둥치는
파도의 소용돌이에 빠져 맴돌아요
멍하니 소용돌이 속에 소용돌이 되어
부딪히고 으스러지고 멍들다 보니
짓이겨진 과일처럼 피눈물 고이네요
파도의 살갗 찢어발기며 멍울 맺힌 가슴
은하수 흐르는 하늘에 뉘어놓고
잔잔히 문지르면 나아질까요
파도의 가시에 찔려
문지르고 문질러도 가시지 않을 피울음
하나 둘
은하수 별꽃 자리에 심으면
제 자리 찾아 빛이 날까요
캄캄한 오늘 지워버리면
밤하늘에 환한 별들의 노래
은하수 꽃길 따라 잔잔하게 퍼져 나갈까요

백구

소란스레 절간을 어슬렁거리다 내려오는 길
사천왕상 앞 계단에 백구 한 마리 팔자도 좋다
앞다리는 앞다리끼리 뒷다리는 뒷다리끼리 합장하고
모로 누워 부처님 은덕 온몸으로 받듯 볕을 쬐고 있다
지나가는 사람 보고 눈꺼풀 스르르 열다 통달한 듯 닫는다
백구 눈망울 속에 잠시 내가 들어 얼씬거린다
짖는 것보다 더 큰 말씀을 건네는 것 같아
나도 모르게 백구를 향해 다소곳 합장하며
나무아미타불관세음보살!
소란을 벗은 몸이 뒷걸음질로 물러나는데
말씀 다 알아들었다는 듯 자세 흐트러짐 없다
얼마나 절밥을 먹어야 저렇게
느긋한 속세의 한낮을 보낼 수 있을까
종종대는 발걸음, 점심 공양 한 끼로 배를 채우고
마음은 속세의 하루를 또 소란하게 헤매고 있다

정라진 | 2005년 『문학산책』 등단. 시집 『자판기여자』
larch7@hanmail.net

방문

천년의 시간을 옮겨 놓은 것 같은
커다란 석문 앞에서 심호흡을 해본다
똑 똑 노크를 해볼까
아니면 옛 선비처럼 이리 오너라, 하고
큰 소리로 불러볼까
그러면 주인이 나와서 나를 반기기나 할까

예고 없이 찾아간 그곳은*
살았어도 죽었어도 영화를 꿈꾸는
무릉도원이었다
땅 속에 지은 영원한 집 앞에서
예의 갖추듯 두 손 모으고
고개 숙이고 허리까지 굽혔다

삭고 삭아도 남아있는 흔적들이
서늘한 온기로 다가오는 곳
수많은 방문객 맞이하던 영혼들은 어디 갔을까
외출 중인지 보이지 않고
잠에서 막 깬 듯한
희미한 조명만이 눈 비비며
주인처럼 방문객 맞이하고 있다

아직도 화공의 손길이 붙잡고 있는
저 연꽃 한 송이가
그들을 위한 것이었을까
해독 할 수 없는 문자들과 서성이는데
머물 수 없는 시간은 문밖으로 밀어내며
문을 닫으려 한다

* 읍내리 고분벽화

신 풍속도 사랑

오랜 시간 함께한 그가 수명 다하자
검은 정장에 반듯한 또 다른 모습이
눈에 들어왔다

당신마음 무제한 담을 큰 용량 가졌다고
마음대로 나를 사용하라고
그가 먼저 스마트하게 웃어주는데
중매장이로 다가오는 주인 여자
가격도 모양도 여러 가지
그녀에게 맞는 짝을 찾듯 이것저것 설명을 한다

새로운 것에 두려워하던 그녀도
벨소리처럼 상냥한 주인 여자 말에 귀가 솔깃하다
세상 흐름에 맞춰 사는 것이라고
서툰 손짓도 흉이 아니라고
짝짝 맞장구까지 쳐주며
쉰이 넘은 그녀에게 사랑을 나누란다

더 늦기 전에 잘했다고 중매를 성사시킨
주인은 문밖까지 배웅하고 수수료는
매달 통장으로 꼬박꼬박 입금하란다
신 풍속도 사랑에 연결된 그녀 가슴 콩콩 뛴다

손과 머리 따로따로 그는
캄캄 문을 열지 않는다
약정기간은 꼭 지켜야 손해 없다는
여자의 말이 가시처럼 목에 걸려와
순식간에 후회가 밀려온다
파기해 버릴까 혼잣말하는데

이웃집 새댁은 추카추카 덕담 보내오고
익숙한 곳에 길들여진 머리는
돌아오는 길만 자꾸 터치를 한다
연습해도 반복되는
그녀 실수도 전송해 버리더니

그도 속이 타는지 몸이 뜨겁다

틈만 보이면

들어오는 침입자가 있다
며칠 집 비운 사이
집안은 어두운 공기로 변했고
거미는 귀퉁이에 줄을 쳐 놓았다
적막 속에서 곰팡이가 꽃 피우려 할 때
틈 주지 않고 돌아온 집
드디어 온기가 돌았다
틈만 보이면
내 안에 침입하는 이가 있다
수시로 피어나는 검은 꽃
잘라내도 숨겨진 뿌리는
설레임을 앗아가고 무기력을 키워냈다
내 것인데도 내 맘대로 되지 않는
틈만 보이면 쑤셔오는
어쩌지 못하는 집
뼛속으로 드나드는 바람 같은 세월 앞에
젖 먹던 힘으로 지켜가는
나만의 낡아가는 집

허말임 | 2005년 『문학산책』 등단. 시집 『따라오는 먼 그림자』
『저 낮은 곳의 뿌리들』 『마음에 틈이 있다』
수필집 『달팽이집 같은 업을 지고』 marim57@hanmail.net

隨筆

강애란

구자선

김선화

김화숙

신숙영

윤영자

이연숙

임명숙

장미영

조성희

조현숙

주영애

최태희

황복선

수필 | 강애란

시중드는 꼭두

꼭두는 나무로 깎아 상여에 올린 인형이다. 망자의 여행길을 배웅하는 길동무다. 살아생전 이고 지던 고생보따리 다 내려놓고 훌훌 떠나라고 다독인다. 가면 오지 못할 갈림길에서 묵묵히 시중들며 손을 흔든다. 꼭두는 안다. 혼자 떠나는 것이 험한 세상살이보다 두려운 일이라는 것을.

상여가 사라져가고 있는 요즘 꼭두는 어디로 갔으며 꼭두가 하던 일은 누가 대신해주는 것일까. 외롭고 불안하다는 머나먼 북망산천 길을 어찌 가는 것일까. 그 숨 막히고 긴박하고 존엄한 경계선에서 마치 꼭두가 된 듯 진땀 흘리던 밤의 일이다.

수월 할머니는 아흔여섯으로 위암 말기 환자다. 탈 없이 수월하게 살기를 바라는 마음을 담은 이름일 것이다. 잔병치레가 많고 의학이 발달하지 않았던 시절 우리 조상들은 금줄을 쳐서 갓 태어난 생명을 만에 하나 있을지도 모르는 헤살꾼으로부터 보호했고, 세이레를 챙기고 백일을 기뻐하고 돌에 잔치했다.

수월하기를 바라는 것은 살아온 세월만큼이나 떠나는 순간에 대한 소원도 클 것이다. 부석사 대웅전 기둥을 세 바퀴 돌면 삼일만 고생하고 죽는다는 말이 있는 것을 보면, 살면서 겪는 일보다도 죽을 때의 고통이 더 무서운가 보다. 그 고비에서 삼일이 아닌 그 곱절의 열 곱도 넘게 고생하고 있는 할머니다.

입원이 길어지면 가족의 힘으로 돌보기가 어려워 남의 손을 빌게 된다. 처음 얼마간은 주말을 기다리기도 멀다는 듯이 주중에도 몇 번씩 찾아와 병마와 싸우는 환자를 애잔하게 쓰다듬는다. 계절이 바뀌고 해가 보태지는 사이 굳은살처럼 외면과 무관심이 쌓여가고 가슴 서늘하게 거리 두는 말들이 무디게 튀어나와 날카롭게 찔러댄다.

끼니를 못 드시니 입맛을 돋우는 약이나 평소 잘 드시던 반찬을 좀 보내달라는 말이 차갑게 되돌아와 툭 떨어지기도 하고 화장실에 걸어갈 기력이 없어져 기저귀를 사용하게 되자 비용 걱정에 눈살을 찌푸리는 딸도 있다. 돌아가셨다는 전화를 하니 바빠서 못 온다던 어느 양아들의 목소리는 망자가 듣지 않은 것이 다행스러워 흐르던 눈물조차 멎고 만다.

수월 할머니의 자손은 남달랐다. 딸과 며느리가 서로 시간을 나누어 밤낮으로 수발을 들었다. 큰며느리는 이미 주름이 깊게 자리한 칠십이고 막내며느리는 제일 젊다고 밤에 돌보는 일을 자청했지만 쉰 중반을 넘긴 나이다. 이삼십 대로 훌쩍 큰 손자 손녀도 수시로 찾아와 돕는다.

다홍치마에 노랑 삼회장저고리를 입은 꼭두처럼 웃는 얼굴로 할머니 다리를 주물러 드리고, 수건을 적셔 닦아드린다. 컵을 씻어오거나 가습기 물을 새로 받아오는 모습은 물동이를 인 꼭두를 떠오르게 한다. 싹싹하고 얌전한 몸짓이 허룽거리지 않고 재바르다.

대소변을 받아내고 이쪽저쪽 수시로 돌아 눕히며 욕창이 생기지 않게 지극 정성을 기울이는 며느리의 보기 드문 효성 뒤에 할머니의 덕이 보이는 듯하다.

살림이 서툴러 삼층밥을 일삼는 며느리에게 처음부터 잘하는 일이 어디 있겠느냐 차츰 손에 익을 것이라며 다독여 주었을지 모른다. 빨래를 삶다 태운 며느리에게 성한 것 골라 걸레로 쓰자며 감싸주었을지도 모른다.

죽음의 사신死神이 온다는 것보다 더 정확한 사실은 없고, 그가 언제 오는가 하는 것보다 더 부정확한 일은 없다더니 할머니의 고생도 그 끝을 짐작할 수 없다. 입으로 음식을 못 드신 지는 이미 오래전으로 몸이 부었다 내렸다 반복하는 사이 혈관을 통해 드리던 쌀뜨물 같은 영양제가 더는 의미가 없어졌고 산소호흡기로 겨우 버티는 중이다. 고통을 호소할 때마다 들어가던 마약성 진통제가 필요 없을 만큼 감각이 무디어졌다. 다만 눈을 커다랗게 치켜뜬 채 눈동자만 바쁘게 허공을 맴돌 뿐이다.

할머니는 지금 어디쯤 있는 것일까. 장독대마다 채워둔 간수 빠진 고슬고슬한 소금이나 곰삭은 젓갈을 자식들에게 나눠주고 있는 것일까. 곱게 단장하고 나들이하던 젊은 어느 날을 걷고 있을 것인가. 열아홉에 시집와 눈물 잦던 어린 새댁으로 발을 동동 구르고 있는 것일까.

구십여 년 살아온 시간을 거꾸로 거슬러 필름처럼 되짚어가는 오르막 내리막에 힘이 드는가 보다. 송골송골 맺힌 땀이 앙상하게 뼈만 남은 몸 곳곳에 고여 작은 웅덩이가 된다. 몸이 식는 것을 막아보려 두꺼운 양말을 신겨드리고 행여 찬바람 들어갈세라 이불 끝을 꾹꾹 눌러 덮어보지만, 체온계의 수은은 고장 난 듯 쭉쭉 내려가 34도 근처에 짧은 기둥을 만든다. 쉴 만한 곳을 찾지 못한 불안함으로 물 위에 띄운 공처럼 쉴 새 없이 움직이던 흰자위만 가득한 눈이 멈췄다.

차라리 다행이다. 불안하게 헤매며 위험에 처한 것처럼 긴박해 보이던 얼굴이 안식처를 찾은 듯 평온해 보인다. 할머니는 무엇인가를 뚫어지게 바라본다. 절대로 내려오지 않을 것처럼 올라붙은 눈꺼풀 안은 고요하다. 폭풍우가 한바탕 뒤흔들어 놓고 떠난 후의 호수처럼 언제 그랬느냐는 듯 잔잔하다. 그 댁 며느리는 공연이 끝난 후 커튼을 내리듯 눈꺼풀을 쓸어내리며 새벽닭이 울어대듯 목 놓아 울었다. 아무리 소리치고 불러도 커튼콜은 없었다.

삶과 죽음이 따로 있지 않고 한곳에 있다더니 조금 전까지 살아있던 사람이 망자의 이름으로 한자리에 있다. 숨을 거두는 것은 움직임과 멈춤의 다른 모습이다. 보는 사람마저 덩달아 굳어버리는 일이다. 따뜻함과 차가움의 다른 느낌이고 있음과 없음이다. 숨이 멈춘다는 것은 이승과 저승으로 가르는 길이고, 슬픔과 이별을 부르는 일이며 고생 고생하던 바쁜 일상을 내려놓고 이제야 비로소 쉴 수 있게 되었다는 아이러니다. 세상에 올 때는 오는 자가 목 터지게 울지만 갈 때는 보내는 자가 목 놓아 운다.

수월 할머니 가시는 길목에서 무엇이 필요한지 살피며 새우던 밤, 그 댁 며느리는 시중드는 꼭두였다. 입이 바싹 타들어 가는 긴박한 순간에 할머니를 위해 온 힘을 기울였다. 기신거리지 않고 차분했으며 간혹 잘게 떨기도 했다. 아직 저 세상과 연결되지 않은 이승의 꼭두처럼 시중들며 외롭게 떠나는 길에 곁을 지켜주는 천사 같았다.

흐르던 물이 하늘로 올라가 구름이 되고 떠돌던 구름이 비가 되어 내리고 다시 또 눈으로도 내리고 우박으로도 내리는 물의 순환처럼, 사람도 돌고 도는 연결고리 같다. 부모는 자식이 걷고 달리고 홀로 서기까지 헤아릴 수 없이 많은 시중을 들어 키우고 자식은 부모가 속도를 낮추고 앉고 눕고 기력이 다 하여 이승을 떠나는 순간까지 시중을 든다.

상여 뒤에 따라와야 자식이라는 말이 있다. 마지막 가는 길에 정성을 기울이는 것이 자식 된 도리임을 일깨우는 말이리라. 상여가 사라지면서 골동품 가게나 박물관 유리장 속에 갇힌 줄 알았던 꼭두가 살아있었다. 꼭두는 천사와도 같은 존재다. 마지막 정성을 다하는 가족의 눈물과 하얀 가운을 입고 소명을 다하는 정성스러운 손길로 묵묵히 제 일을 하고 있다. 그 댁 며느리가 녹의홍상을 입은 꼭두였다면 이 세상과 저 세상의 경계에서 나도 흰옷을 입은 꼭두였다.

쓰러진 나무

폭풍우에 쓰러진 나무가 오기처럼 새순을 내밀었다. 앙상하게 겨울을 견디고 꿈틀꿈틀 봄을 부른다. 산을 오르는 사람들의 발에 치이고, 뻗어오는 이웃 나무에 밀리면서도 어렵사리 틔운 잎이다. 누군가 뿌리 쪽에 흙과 돌을 쌓았고 누군가는 지주를 받쳐주었으며 나무를 보호하자는 리본도 걸었다.

상처를 안고 나이테가 늘어가는 나무처럼 저마다의 사연을 품고 굳어버린 사람을 돌본다. 눈을 맞추고 이야기를 나눌 수 있는 사람보다 식물인간 상태가 더 많은 곳이다. 세수나 목욕은 물론 스스로 손발을 움직이지도 못한다. 쉴 새 없이 바쁘게 떠돌던 부초 같은 인생이 뿌리내린 곳이 중환자실이라니.

밤새워 컴퓨터 게임을 하다가 심장마비로 쓰러진 젊은이는 눈만 껌벅인다. 풍을 맞아 뇌가 멈춰버린 중년의 팔은 꺾인 나뭇가지처럼 굽었다. 저혈당 쇼크를 입은 사십 대 여인은 이리 흔들 저리 흔들, 팔다리가 버들가지처럼 휘휘 댄다. 남편이 와도, 친정엄마가 눈물을 흘려도 그저 흐느적거릴 뿐 웃음도 눈물도 없다.

공사장에서 떨어진 물체에 머리를 맞아 그 길로 누워버린 가장도 있다. 가족을 책임져야 한다는 의무감 때문인지 숨을 놓지 못하고 있다. 보상금으로 가족이 생계를 가까스로 이어가고 있다는 것을 아는 모양이다. 아픈 몸으로 힘겹게 버티고 있는 모습이 마치 생체기를 통해 생명수를 공급하는 고로쇠나무 같다.

이들과 함께하는 중환자실에 정靜과 동動이 묘하게 엇갈린다. 나무에 바람이 스쳐 가고 새들이 날아와 지저귀다 포로로 날아가 듯 가족이 찾아와 안타깝게 쓰다듬고 눈물 흘린다. 묻고 대답하고 달래고 속삭이고 일인 다역이다.

신생아 돌보듯 씻기고 기저귀를 갈고 옷을 갈아입힌다. 때맞춰 먹이고, 열이 있는지 표정이 달라지는지, 앓는 소리를 내는지 귀 기울인다. 대 · 소변에 이상은 없는지, 토하지는 않는지 살핀다. 움직여야 할 사람, 움직이기를 간절히 바라는 사람, 움직이고 싶은 사람은 꼼짝도 할 수 없고, 쉬고 싶은 사람은 잠시도 틈이 없다.

기계도 한몫 거든다. 혈압은 정상범위에 있는지, 심장은 제대로 뛰고 있는지, 혈중 산소포화도는 부족하지 않은지 오르락내리락 그래프로 그리다가 위급한 순간이 닥치면 신호음을 보낸다. 혈압이 떨어지고 있으면 약물을 처치하고 산소가 부족하면 호흡기를 대준다.

살피고 돌아선 지 얼마 안 돼 요란하게 삐삐~ 삐삐~ 경보음이 울린다. 가슴 쿵쾅거리는 소리가 달리는 발소리보다 더 크게 느껴지는 순간이다. 산소부족을 알리는 신호다. 호흡기의 산소량을 늘리고 목에서 골골거리는 분비물을 뽑아낸다. 숨쉬기 편한 자세를 취해줬는데도 청색증이 오고 모니터의 숫자가 더 떨어지면 다리가 후들거리고 입이 바싹바싹 타들어 간다. 이럴 땐 보호자를 불러야 한다. 어쩌면 마지막 순간이 될지도 모르기에 작별의 시간을 갖도록 해야 한다.

환자는 마흔한 살의 가장이다. 여덟 살과 다섯 살 아이를 두고 재미나게 살던 사람이다. 회사 일을 척척 잘해냈고 재미가 붙었으며 조금 빨리 경제적 안정을 얻기 위해 평소보다 일을 더 늘려서 했다. 아이들에게 맛있는 것을 더 먹이고 싶었고 아내에게도 더 잘 해주고 싶은 마음이었다. 헉헉대는 오르막에서도 이제 곧 있을 평지에 대한 부푼 기대로 힘들다는 생각도 잊고 있었다.

사는 것은 단거리가 아닌 마라톤이라는 것도 잊은 채 힘을 쏟아 붓고 있었다. 이틀만큼의 노력으로 하루를 살고, 하룻밤에 이틀만큼의 피로를 풀어야했다. 버틸 힘이 있고 나눌 가족이 있어 해내는 보람이었다. 계단참이 없어도 쉬어주어야 했거늘 후들거리는 다리를 참으며 꼭대기만 바라봤다. 쉬지 않고 통나무처럼 굴렀다. 오로지 더 탄탄한 내일과 더 풍성한 앞날에 대한 기대로 부풀었다. 그날을 앞당기기 위해 종일 노곤하게 일한 몸을 쉬던 어느 날이었다.

자다가 날벼락 맞는다는 말을 이럴 때 쓰는 것일까? 갑자기 가슴이 쥐어짜듯 아프더니 심장이 멈춰버린 것이다. 급하게 병원에 가서 심폐소생술을 했으나 무산소성 뇌 손상을 입고 만다. 무리하게 일을 늘린 것이 원인이 되었으리라는 심정만 있지 상세불명 뇌사판정을 받았을 뿐이다. 날이 밝기도 전에 일터로 달려 나가던 사람이 불러도 대답이 없고 아이들 재롱도 몰라보고 내일 아침이라는 짐마저 다 놓아버린 것이다. 그렇게 여러 달을 버티다가 고비를 맞고 있다.

새벽 세 시에 헐레벌떡 달려온 부인은 파르르 떨리는 손으로 남편의 머리를 쓰다듬고 손을 어루만진다. 겨우 입을 열어 "솔이 아빠~" 울음인지 부름인지 혹은 바람 소린지 모를 소리를 가늘게 흘렸을 뿐이다. 두 사람 모습이 된서리 맞은 풀잎처럼 춥고 아파 보인다. 부인은 이제 서른여덟이라고 했다. 나 혼자 어떻게 아이 키우고 사느냐고 울부짖지도 않고, 왜 그렇게 무리해서 일했느냐고 원망 하지도 않는다. 한창나이에 가버리면 어쩌느냐고 아까워하지도 않는다. 아무것도 해줄 수 없는 것이 죄라도 되는 듯이 멍하니 있을 따름이다.

할 수만 있다면 번쩍 들어 세우고 싶을 것이다. 땅을 깊이 파서 똑바로 세우고 소복하게 덮은 흙을 꾹꾹 밟아주며 좀 더 버텨달라고 빌고 싶을 것이다. 봄이면 새순을 움틔우고, 여름이면 무성한 그늘을 드리우고, 가을이면 울긋불긋 행복에 물들고, 겨울 눈을 키우며 한층 단단해지는 그런 돌고 도는 반복을 함께하고 싶다고 부르짖고 싶을 것이다. 있어주는 것만으로도 힘이 되는 피톤치드라고 말해주고 싶을 것이다.

쓰러진 나무는 살아남기 위해 주변을 살피고 조절체계를 발달시켰을 것이다. 뿌리와 줄기가 서로 도우며 어떻게 잎을 틔워 광합성을 할지 발버둥 쳤을 것이다. 거림패기에 달라붙는 병원균에 저항하며 말라비틀어지지 않기 위해 악착같이 물을 빨아올렸을 것이다. 견디기 힘든 일에 맞닥트리고도 푸른 하늘을 향해 펄럭일 나뭇잎의 환희를 꿈꿨을 것이다. 식물이 저 스스로 움직일 수 없어도 정의하기에 따라 감각을 부여할 수 있다는 식물학자의 믿음처럼 부디 살아달라는 애정 어린 말을 다 듣고 있었을 것이다. 빛을 고루 받기 위해 잎의 모양과 크기를 달리하고 대사 작용을 바꾸는 아우성 앞에서 움직이지 못한다고 식물을 홀대할 수 없다.

스스로 움직일 수 없어도 보고, 듣고, 느끼는 식물 고유의 감각을 인정하듯이 부인은 남편의 마음을 읽어준다.

"여보, 내가 보고 싶었구나!"
기계의 산소 수치가 조금 오르고 있다.

강애란 | 2012년 『문학이후』 등단. kar419@hanmail.net

수필 | 구자선

길

유난히 긴 길이 보여요. 눈 감으면 늘 걷고 걸었던 길. 누군가는 그러더군요

"너 외롭구나?"

라고요. 세상에 외롭지 않은 사람은 없어요. 나도 외롭고 당신도 외롭고 그리고 모두 외롭죠.

가게에 다녀오는 길이에요. 둘째 아이가 피자 가게에서 알바를 하는데, 피자도 만들고 홀 서비스도 하는데, 피자라는 게 그래요. 배달이요. 아이는 노란 가방이 실린 오토바이를 타고 질주하는 자동차 사이를 누비며 달리죠. 팔 한쪽을 창문에 걸치고 반쯤 누워 운전하는 놈들은

"저 새끼, 저 새끼!"

라고 소리를 치는데, 지가 새끼 났어요? 그 아이가 지나갈 만큼의 틈도, 여유도 없는 소갈딱지를 하고 감히 자격도 없이 새끼를 찾아요. 아무 말도 못하고

"조심해, 아들. 천천히, 천천히. 알았지?"

백 번 천 번 못이 박히도록 말해도

"알썽, 알썽."

하는 아이는 얼마나 알아들었을까요? 새끼 가진 어미는 늘 그

런가 봐요. 부디 부디 제발 이라고 주문을 외워도 다 채워지지 않는 바다처럼 가슴은 늘 출렁 출렁 흔들려요. 그래서 바람은 늘 꼬리를 감추고 달아나고 어둠은 그렇게 쉬이 찾아오나 봐요. 아이가 다치지 않았으면 좋겠어요. 아이가 아프지 않았으면 좋겠어요. 아이가 자리를 잘 잡아야 할 텐데. 좋은 멘토를 만나고, 좋은 친구를 만나고, 좋은 환경을 만나야 할 텐데 그것이 걱정이에요. 어미가 돼서 해 줄 수 있는 게 많지 않네요. 얼마나 지나야 걱정, 내려놓을 수 있을까요?

오래 전 일이어요. 대학 수능을 마치고 돌아왔는데 갑자기 할 일이 아무것도 없는 거예요. 평생 공부밖에 한 게 없었던 사람처럼 이제는 모든 게 끝난 것처럼 막막했어요. 집안 돌아가는 분위기를 보니 돈도 없는 것 같고 점수는 점수대로 대학 문턱도 못 밟게 생겼으니 참으로 막막했어요. 슬픈 날들 속에 웬 잠은 그리 쏟아지는지 정말 많이 잤어요. 미친 듯이 날마다 잠만 잤어요. 그러다 깨어보니 친구도, 대학도 다 달아나고 덩그러니 나만 혼자 남아 있었죠. 어떤 친구는 대학엘 갔고, 몇몇은 취직도 했다는데, 난 혼자 버려진 휴지처럼 갈 곳도 할일도 없었어요. 혼자 골방에 처박혀 누군가 나를 구해줄 구세주를 기다리고 있었죠. 구원의 손길이 오기까지는 한참의 시간이 더 걸렸지만 어쨌거나 어느 날 나는 촌구석을 벗어나 서울 한복판에 서 있었어요. 얼마나 신나고 좋았는지 물 만난 고기처럼 팔딱거렸죠.

살다보니 인생에는 몇 번의 전환점이 오는 것 같아요. 부모님의 보살핌을 받으며 공부하는 시기, 가정을 꾸리고 아이를 키워야 하는 시기, 그리곤 다시 홀로서기를 해야겠지요. 중년이라는 시간이 지나면 나 또한 홀로서기를 해야겠지만, 지금 내가 할 일은 우리 아이가 세상에 우뚝 설 수 있도록 길을 열어줘야 하는 것 같아요. 그런데 그 길이라는 것이 만들어진 도로처럼 그리 탄탄하지가 않아요. 미끈하게 뚫린 도로라면 맘 놓고 편안히 달려가라 할 수 있겠는데 그 도로가 생기기까지는 참 많은 시간과 일들을 겪어야하는가 봐요. 아직도 덜컹거리는 걸 보면 말이죠.

사람들은 모두 어딘가에서 바쁘게 살아가요. 어떤 이는 우쭐대며 치장하고 누리며 살고, 어떤 이는 매일 아등바등 동동거리며 살아요. 그런데요 가만 보니 도토리들 같아요. 요즘 세월호 침몰 사고로 세상에 드러난 유병언 일가를 접하게 되지요. 그 많은 재산을 가지고 왜 그리 나눌 줄도 모르고 움켜쥐고 있다가 구더기 밥이 됐는지 참 어이없는 일이에요. 백 년도 안 되는 짧은 삶을 살면서 천문학적 숫자를 내 것으로 만들고도 죽어서 욕만 먹고 더럽게 썩어버렸으니 이보다 못나고 허접한 인생이 또 있을까요?

어느 사업가는 부도 난 회사를 처리하지 못하고 비탄에 젖어 자살을 했대요. 남은 가족들은 그의 재산을 정리하고 나니 남은 게 십억이라네요. 차라리 살아서 마음 내려놓고 자신으로 인해 피해 본 사람들에게 사죄도 하고 도와도 좀 주지. 한 번 넘어졌다고 아주 가버리면 끝인가요? 시시때때로 들려오는 자살 소리에 참 나약한 세대를 살고 있구나 하는 생각을 해요. 어떤 사람은 어렵게 살면서 손바닥 만 한 땅을 샀어요. 집 얻을 돈이 없어 작은 땅에 비닐하우스를 짓고 살림을 시작했죠. 그러나 이 사람은 평생소원이 땅 한 평 갖는 것이었는데 이제야 소원을 이루었다고 자다가도 일어나 벙글거리며 행복했어요. 비록 가진 것이 많지 않아도 나누며 불리며 만족하며 살면 얼마나 좋아요.

길을 걸어요. 길가에 수북한 들풀은 누군가의 손길이 닿지 않아도, 누군가의 필요로 태어나지 않아도, 자기만의 모습으로 나고 자라고, 어느 날 흔적 없이 사라진다 해도 해마다 날마다 어김없이 나고 자라죠. 보도블록 사이에 겨우 뼈대만 나와도 꽃을 피우고 씨를 맺어요. 사람들 발길에 늘 채이고 밟혀도 아랑곳하지 않고 묵묵히 살아요. 비록 내게는 의미 없는 시간이라 해도 서로의 모습으로 서로의 자리에서 날마다 자라나지요. 그 또한 자연의 하나이고 나 또한 자연의 일부일 뿐이죠. 가족이란 이름으로 특별해지고, 인연이란 이름으로 띠를 만들어요. 누군가의 이해가 꼭 필요한 건 아니에요. 누군가의 관심도 꼭 필요한 건 아니죠. 그저 더불어 가는 거예요.

그럼에도 불구하고 마음이 가요. 내 아이에게, 형제에게, 부모에게, 친구에게 그리고 이 시대를 함께 살아가는 모든 이에게 더불어 조화로운 세상에서 함께 누리며 행복하기를. 한 시대를 살아가는 동안 서로의 꿈을 이루고, 날마다 한 걸음씩 나아가는 길이 되기를.

새들도 싸우며 산다

코스타리카 정글에 살고 있는 풍금조 한 쌍이 엄청나게 싸우고 있는 모습이 사진에 담겨 화제다. 화제의 초점은 새들도 싸우며 산다는 것이다. 어디 새라고 싸우지 말라는 법이라도 있던가. 살다보면 싸우고 지지고 볶다가 그러다가 또 알콩달콩 정다워지는 거지.

몇 년 전, 우리 집에도 잉꼬 한 쌍을 키운 적이 있다. 처음 잉꼬를 데려오던 날 새장 안에 갇힌 잉꼬는 대단하게 싸움을 했다. 그 싸움의 정도가 어느 정도냐 하면 둘이 얼마나 치고받고 난리를 쳤는지 밥그릇이 엎어지고, 물받이 그릇도 나동그라질 정도로 대단했다. 그 모습을 보며 '어 새들도 싸우네.' 했는데, 웬 걸 다음 날 눈을 떠 보니 얼마나 뽀뽀를 해대는지 한시도 가만히 있질 못하고 찍고, 훑고, 핥고 정신없이 부딪치는 부리를 보면서 그래, 그래서 너희가 잉꼬는 잉꼬구나 했다. 사람들도 다정한 사람들을 보면 잉꼬라는 말을 한다. 잉꼬의 금슬은 굳이 말로하지 않아도 짐작이 되리라. 그러나 잉꼬에게도 다툼은 있다.

어느 한가한 오후, 나는 새장을 들여다보고 있었다. 그런데 한 마리가 영 기운이 없어 보인다. 한참을 보고 있노라니 그 이유를 알 것도 같다. 덩치 큰 녀석이 작은 녀석을 쪼아대며 귀찮게 하고 있는 것이 아닌가. 귀찮게 하는 정도를 넘어 밥은커녕 물 한 모금도 입에 못 대게 엄포를 놓고 있는 것이다. 이런, 이런 이런 안타까운 일이 한참이나 계속됐지만 말릴 재간이 내겐 없었다. 그냥 돌아서며 한 마디 "싸우지 말어. 어차피 둘 말고는 아무도 없잖어." 했다.

그 말은 오래도록 내 가슴에 박혔다. 그래 어차피 둘 말고는 다른 사람이 없다. 당신과 나 토라져도 한 식구, 다정해도 한 식구. 뛰쳐나갈 용기도 없으면서 이왕 사는 거 다정하게 살지. 투닥거리며 살아봐야 후일엔 후회밖에 더 남겠어. 다정하게 살어. 하면서 돌아섰다.

그 말이 전달이라도 됐는지 하룻밤 자고나니 둘이는 다시 다정한 잉꼬가 되어 있었다. 차마 보기도 민망할 정도로 쪼고, 쪼고 또 쪼고. 잉꼬는 아침 내내 뽀뽀만 하고 있었다. 부부 싸움은 칼로 물 베기라 했던가. 지난밤에 무슨 일이 있었는지 둘 말고는 아무도 모를 일이다.

부부는 그런 건가 보다 싸우고 할퀴고 토라져 외면해도 하룻밤이 지나면 언제 그랬냐는 듯 아침을 준비하고 서로를 향해 미안해하고 웃어주는 것. 부부는 그런 건가 보다. 그러나 화해도 잠시, 어느 날은 새장을 들여다보는데 작은 잉꼬 한 마리의 날개털이 한 움큼 빠져 있었다. 그 날도 작은 잉꼬는 아무것도 먹지 못하고 도망을 치는데, 덩치 큰 한 놈이 집요하게 쫓아다니고 있었다. 가만 보니 한 놈이 말을 잘 듣지 않는지, 원하는 걸 채워주지 않는지 자꾸만 한 놈을 괴롭히고 있었다. 어쩜 사람 사는 모습이랑 저리도 닮았을까?

다음 날 아침, 한 마리 작은 잉꼬는 날개 한 쪽의 털이 몽창 빠져 바닥에 쓰러져 싸늘히 식어 있었다. '나쁜 놈. 어쩌자고 제 짝을 저리도 모질게 쪼았단 말인가? 둘 말고는 다른 누구도 없는 좁은 새장 안에서 어쩌자고 저리도 잔인한 몹쓸 짓을 했을까?' 화도 나고 미워서 한동안 새장을 들여다보지 않았다.

그렇게 며칠이 지난 후 나는 새장 문을 열어주었다. 마음 같아서야 제 짝 죽인 놈은 살아서 그 외로움 당해보라고 혼자 살게 하고 싶었지만 살면서 외로움을 견디는 일이 죽기보다 싫은 때가 있었으니 조용히 새장 문을 열어 놓았다. 그리고 베란다 창도 열어 놓았다.

'그래 가거라. 훨훨 날아가거라. 훨훨 푸른 하늘을 실컷 날아보거라. 살아도 네 팔자, 죽어도 네 팔자. 네 멋대로 한껏 살아보거라.' 하고 그렇게 남은 새를 날려 보내고 생각한다. 때로는 서로 할퀴고 뜯고 싸워도 하늘이 맺어 준 인연 서로 보듬어야 하지 않을까? 내 목소리만 키우지 말고, 서로 도와가며 다정하게 한 세상 살아도 짧은 게 인생이라는데, 더불어 아름다운 가정을 만드는 것이 아름다운 자연 아닌가. 서로를 끌어안고 살아도 외로운 인생, 너 말고 또 누가 있다고 으르렁거리며 살아갈 건가. 이왕지사 짝으로 맺어진 인연, 사랑하며 살면 이보다 더 아름다울까.

피에타Pieta

피에타Pieta는 이탈리아 말로 슬픔, 비탄이란 뜻이다. 또한 15세기 기독교 예술의 주제이기도 하다. 십자가에서 내려진 예수의 시신을 품에 안고 손과 발, 옆구리에 난 창 자국을 바라보며 비통해 하는 성모마리아의 모습을 묘사한 조각상이다. 르네상스 시대의 미켈란젤로가 대리석을 깎아 만든 것으로 바티칸의 성베드로 성당에 보관된 조각상이 가장 유명한 작품일 것이다.

지금으로부터 이천여 년 전 하나님의 아들 예수 그리스도는 빌라도에 의해 십자가에 달리셨고 죽음을 맞이했다. 그 모습을 바라본 마리아는 아들의 시신을 거두며 얼마나 큰 슬픔과 상심에 젖어 있었을지 우리는 다 헤아리지 못한다. 다만 피에타 조각상을 보며 비통해하는 마리아의 슬픔을 가늠할 뿐이다. 예수가 다시 부활하지 않았다면 그 조각상은 영원한 슬픔으로 모든 이들의 기억에 남아 있을 것이다. 세상에서 가장 큰 슬픔이 있다면 그것은 다름 아닌 자식을 잃은 슬픔일 것이다. 눈에 넣어도 아프지 않을, 대신 죽어 줄 수 있다면 그리 하겠다 나설 이 땅의 어머니들. 부모에게 있어 자식은 그런 존재다.

2014년 4월 16일은 이 땅에 가장 슬프고 비탄에 젖을 사고가 일어난 날이다. 안산 단원고 학생을 포함한 470여명의 사람들이 세월호에 탑승해 제주도를 향해 가던 중 진도 앞바다에서 침몰 사고가 일어난 날이다. 선원들은 승객들에게 세월호의 침몰을 정확하게 전달하지 않았고 단 한 번의 탈출 명령도 내리지 않은 채 자신들만 배에서 빠져 나왔다. 선장의 지시만을 기다리던 아이들과 선생님은 그대로 물속에 갇혀 목숨을 잃었다. 오열의 바다. 슬픔의 바다. 무엇으로 아이들의 목숨을 대신할 것이며 그 무엇으로 부모의 마음을 위로할 것인가.

설레는 마음으로 수학여행을 떠난 아이들. 즐거운 여행을 맛보기도 전. 목적지에 채 도달하기도 전에 주검으로 돌아와야 하는 그 슬픔을 어찌 헤아릴 수 있을까? 물에 불어터진 자식을 끌어안고 이렇게라도 와 줘서 고맙다고 해야 하는 부모의 마음을 어찌 헤아릴 수 있을까? '아빠, 사랑해. 엄마 배가 이상해. 어떻게 해?'를 마지막으로 대답 없는 메아리를 어디에서 찾을 수 있을까?

몇 해 전, 우리 아이에게도 사고가 있었다. 오토바이를 탔는데 가드레일을 들이받고 길바닥에 나동그라진 일이다. 허옇게 뼈가 보이고 살점이 너덜너덜 덜렁거려도 돌아와서 고맙다. 살아줘서 고맙다고 감사기도를 한 적이 있다. 네가 살아줘서, 네가 다시 엄마 품으로 돌아왔다는 이유만으로 모든 것을 덮을 수 있었고, 살아갈 힘이 내게 생겼었다. 자식은 그런 것이다. 부모는 그런 것이다.

긴 행렬을 본다. 실종자 3백여 명 가운데 아직도 시신을 수습하지 못한 몇 구가 차갑고 어두운 바다 속에 잠들어 있는 가운데 분향소가 마련되었다. 애도를 표하는 시민들의 발걸음이 끊이지 않고 온 마음으로 '미안하다. 구해주지 못해서 정말 미안하다'는 말로 용서를 구하지만 돌아오지 못할 여행길은 어둡고 춥기만 하다. 화장을 기다리는 긴 행렬. 죽어서조차 차례를 기다리며 있어야 하는 마지막 발걸음 앞에 다만 고개 숙여 기도할 뿐이다.

나는 오늘도 머리를 감는다.

"아빠, 머리가 왜 그래?"

하며 금방이라도 핀잔을 늘어놓으며 달려와 줄 것만 같은 딸을 기다리며 아빠는 머리를 감는다. 엄마는 새색시처럼 화장을 곱게 하고 저녁 찬거리를 사러 마트에 간다.

"댁 아이는 괜찮으신 거죠?"

묻는 말에 홀쭉한 아랫배를 쓰다듬으며

"그럼요. 이렇게 잘 자라고 있는 걸요."

라며 아이의 참사를 받아들이지 못하고 세상에 나오지 않은 16년 전의 과거로 돌아가 버렸다.

피에타Pieta. 당신은 참 많은 슬픔을 품고 세상에 나왔군요. 예수가 다시 부활했듯이, 구름을 타고 하늘로 승천하신 이천 년의 시간을 거슬러 나는 오늘 당신께 빕니다. 예수님, 당신의 부활처럼 우리 아이들을 부활시키시고 낮에는 햇빛으로, 밤에는 별빛으로, 아침 종달새의 지저귐으로 다시 태어나게 하소서. 그 사랑하는 엄마의 품으로, 아빠의 가슴으로 영원히 자유로운 천 개의 바람 되게 하소서. 당신의 빈 자리, 우리 함께 보듬어 가기를 기도합니다.

구자선 | 2006년『문학산책』등단. j0407s01@hanmail.net

수필 | 김선화

그는 왜 새가 되고 싶었을까

얼룩무늬 교련복 바지에 체육복인 듯 수수한 티셔츠를 입은 까까머리소년이 있다. 바닷가 둑방에 서서 눈을 지그시 감고 두 팔을 길게 뻗어 비상하는 폼이다. 그 옆에 비뚜름한 자전거가 먼 길의 노곤함을 드러내고 있을 뿐, 소년의 얼굴에선 지친 기색이라곤 없다. 오히려 환희에 찬 표정에서 거리낌 없는 자유가 느껴진다.

그 사람 이 씨의 고등학교 때 모습이다. 무심코 형님댁 앨범에서 찾아낸 사진인데, 어린아이 손바닥만 한 물증에서 한 남자의 학창시절 추억이 일렁인다. 졸업한 지 30년도 넘어 까마득한 날의 이야기가 그를 순수하던 시간 속으로 돌려놓고 있었다.

지역 인문계고등학교에 다니던 이 씨는 친구와 둘이서 아산만 구경을 나섰단다. 화성시의 한 농가에서 수원까지는 버스를 타고, 수원역 근처에서 자전거를 세 내어 아산까지 닿는 국도를 냅다 달렸단다. 봉담을 빠져나가 안중과 평택을 지나는 동안 그 쾌감이야 말해 뭐하겠는가. 모처럼 가족의 굴레에서 벗어나 자잘한 농사일을 거들지 않아도 되니 아마도 하루해가 짧았을 것이다. 더구나 세상에 나서 처음 밟아본 충청도 땅이 아니던가. 느릿느릿한 말씨가 생소했을 것이고, 두 개의 페달에 의존해 이 멀리까지 온 것에 스스로가 대견했을 것이다.

"아빠가 참 홀가분했을 때네."

"이렇게 해맑았던 날이 아버지에게도 있었어."

아이들의 말에 이 씨는 빙긋빙긋하며 회억에 젖어들었다. 그의 처가 얼마큼 재미있었나 물으니, 그는 만면에 번진 미소를 거두며 가랑이가 아파서 죽을 뻔 했단다. 그 반전에 가족들은 배꼽을 잡고 뒹굴었다.

그런데 그가 쉰 고개로 올라서며 부쩍 새가 되고 싶다고 했다. 이상형의 새를 구체적으로 그려내는데, 웅장한 날갯짓으로 공중을 선회하는 독수리가 되고자 했다. 날개 한 짝만 보아도 힘차고 멋있다며 독수리의 기상을 부러워했다. 기실 그는 자잘한 일에 맞닥뜨려도 간이 오그라드는 토끼심장의 소유자이다. 그러니 거친 세파를 거뜬히 견뎌내는 커다란 새가 유달리 와 닿을 수밖에.

그러던 그가 드디어 날았다. 겨울비 추적거리다가 갠 날에 안성 땅 부모님산소 인근 감나무 윗가지에서 몸을 솟구쳤다. 허나 제대로 날아보지도 못하고 꺾인 가지와 함께 어설픈 착지! 요추가 부러지는 등 만신창이가 된 그는 까라지는 몸을 이끌고 산길을 빠져나왔다. 그리고는 손수 운전까지 하고 100리 넘는 길을 달려와 현관문을 열며 쓰러졌다. 그의 뇌리에 119구급센터니 대리운전이니 하는 단어는 작용하지 않았다. 평소 일밖에 몰라 번듯한 옷가지를 탐내지 않고, 그럴 듯한 여행 한 번 갈망하지 않은 터이지만 집으로 오는 길엔 필사적 기운을 모았다.

그 남자는 왜 그리로 갔을까. 선산을 두고, 너른 밀밭을 지나 하필 외진 길로 방향을 잡았던 것일까. 그곳은 새소리, 바람소리만이 기척을 내는 곳이다. 식구들은 그가 디딘 나무가 3미터 높이의 감나무라는 사실밖엔 모른다. 열매가 몇 개 달렸었는지, 그것에 손끝이나 닿아보았는지를 알지 못하며 차마 묻지도 않는다.

그 시각, 그는 왜 그 나무에 올랐을까. 보나마나 들으나마나 까치감이 있었지 싶다. 그것이 아니라면 까치집이라도 있어 들여다보고픈 충동이 일었거나. 하지만 유인誘因의 진범이 까치라 해도 산란의 시기도 아닌 철에 과연 무엇이 그를 홀렸을까. 그렇다고 그가 사진 속 소년처럼 18세의 날렵한 몸도 아니니 설마 청설모나 다람쥐를 쫓아 용을 썼을 리도 없고…. 가장 그럴 법한 추측대로 감을 따러 올라갔다면, 엄동설한에 새들의 먹잇감을 노린 인정머리 없는 사람이란 비판을 면키 어렵게 되었다.

하지만 그의 처는 남편이 설사 감에 현혹되어 낭패를 보았다하더라도 충분히 그를 이해한다는 입장이다. 비 개인 겨울하늘을 제대로 살펴보았다면 알 수 있을 거라나. 구름 한 점 없는 창공을 배경으로 가지 끝에서 대롱거리는 붉은 것의 유혹을 초인超人이 아닌 한 어찌 저버렸을까 되레 역성이다. 찬 기운에 더욱 투명한 엷은 막 속의 섬유질. 나이답지 않게 감수성 예민한 사람이 그 보드라운 주홍빛깔 주머니를 외면했겠는가 말이다. 하여 그녀는 그 남자 이씨 곁에 바짝 붙어 앉아 호호 불어가며 밥을 떠먹이는 중이다. 잘 나아서 오는 가을엔 더 높이 올라 더 많은 감을 따자며, 남자의 얼굴을 쓱쓱 어루만지고는 수술실로 쏙 밀어넣은 아낙이다.

아닌 게 아니라 그들 집엔 감이 널려있다. 처가는 물론이고 시골농가 안뜰에 감이 보이면 숫기 없는 남자가 용기백배하여 "감 팔아요~"를 외친 덕이다.

정황이 이러하니 그의 심중에 대해 굳이 물을 것이 못 된다. 그저 단순하게 방조제에 서서 자유를 표출하던 소년시절의 감흥에 젖어보았다고 해두자. 이래저래 곤곤한 가장으로서의 현실을 뛰어넘어 잠재의식 속의 흔흔한 마음으로 날아보았다고 풍이라도 쳐야 덜 가엾지 않은가.

그 남자 이씨, 지금 내 곁에서 숙면熟眠에 들지 못하고 팔다리를 자꾸만 움찔거린다. 아직도 한껏 도움닫기를 하는 모양이다.

가랑비, 선율旋律로 흐르다

사람들 가슴속엔 울림통이 들어있다. 그것은 저마다의 살아가는 모습을 닮아 있다. 그래서 때로는 진중한 소리를 내기도 하고, 가랑비 스미는 듯한 연가戀歌를 흥얼거리게도 한다. 우리들은 삶의 소용돌이를 반주하는 그 가락에 사로잡혀 생의 힘을 얻는다. 이다음 다시 흘러나올 선율에 대한 기대도 어렴풋이 해보면서….

정초, 인사드릴 어른이 있어 하행선 열차를 탔다. 백설白雪로 뒤덮인 세상인데 내륙으로 들어갈수록 포근해지는 느낌이었다. 옆자리의 남자가 영동 출신이라고 말을 걸어왔다. 일순 잠재의 뜰에 쿵하는 소리가 났다. 이어 자분자분 가는 빗줄기가 내려앉는다.

충북 영동에서 고등학교시절까지 장학생으로 마친 청년이 있었다. 서울의 H무역회사 공채에 합격한 야간대학생이었다. 그는 일찍 객지생활에 뛰어든 내게 있어 대단한 자존심으로 작용했다. 깊은 사색의 배경엔 그가 떡하니 버티고 있다. 세상을 보다 넉넉하게 관조하는 힘도 그를 만나던 시간 속에서 길러졌다고 해도 과언이 아니다. 달리 말하면 자기보다 세살 아래의 여자아이 정신세계를 그가 키운 격이다.

그는 내 이상이었다. 숨 막힐 정도로 달리 어찌해볼 수 없는 가난의 굴레 속에서, 나로 하여금 구체적인 꿈을 꾸게 한 사람이다. 묵묵함 속의 은근한 눈빛을 통해 우주를 얻은 듯했고, 사고思考의 문은 사방팔방으로 열려나갔다. 안간힘으로 용을 써봤자 우물 안에서 헤엄치기에 급급하던 내게, 그는 세상이 무한대라는 사실을 은연중에 인식시켰다.

갑갑한 현실을 이겨나가는 방편으로 문학서적 쪽으로 눈을 돌렸는데 그를 알기 전의 꿈이 막연했다면, 또 나보다는 주변사람들의 입장을 먼저 살폈다면, 그를 알고부터는 진정한 나를 들여다보는 시간이 늘어났다. 소설을 꿈꾸는 내게 그는 철학적사고로 인도했다. 법정스님의 『서있는 사람들』을 권하며 불교에 대한 이해를 꾀하기도 했다. 그의 정신세계를 읽어내기 위해 나도 자연적 불교사상에 접근하게 되었다.

그는 이미 내가 넘보고 싶은 길을 걷고 있었다. 명석한 두뇌만큼이나 풍부한 지식으로 내 목마름을 채워주었다. 만남의 장소로 '거기'라고 운만 떼어도 시내 복판 지정된 자리에 붙박인 듯이 서 있던 사람. 그럴 수밖에 없는 것이 그는 번듯한 회사에 소속되어 근무시간이 규칙적이었지만, 내 처지는 그렇질 못하여 자주 그를 애태웠다. 그래도 소규모사업장 울타리 안에서 맴돌다가 온전한 나로 깨어나 그를 만나러 가는 시간이 진정한 스스로와 조우할 수 있어 행복했다.

그때 걸었던 거리가 눈에 밟힌다. 나뭇잎 피고 지는 가로수 길을 얼마나 누볐던가. 그리고 얼마나 많은 이야기를 그 길에 풀어놓았던가. 언제부턴가는 아예 그가 내 직장 가까이로 찾아다니기 시작했다. 시간을 절약하기 위한 방법이었는데, 일찍 퇴근한 그가 버스를 타고 신촌근처에 와서 기다리곤 했다. 우리는 포장마차에서 한 그릇의 국수에 두 사람의 젓가락을 박고도 당장의 고뇌보다는 내일의 포부에 대해 열띤 이야기를 나눴다. 그럴 때면 이미 꿈을 이룬 서로의 모습이 귀하게 그려져 뿌듯하기도 했다.

하나의 개체로 세상에 나서 방대한 뜻을 세우고, 그 포부를 이루기 위해 나아갈 수 있는 사람은 축복 받은 사람이요 행복한 사람이다. 독학생으로서 자신의 공부 외에 부모형제의 뒷바라지만 않는대도 그 사람은 선택받은 사람이란 얘기다. 하지만 이 역할을 고루 해야 하는 사람도 태초에 그 나름의 몫을 선택받기는 마찬가지 아닌가. 그 무렵 나는 주경야독의 길을 걷고 있었다. 이따금씩 스스로를 향한 연민에 용틀임을 하고 나면 여기저기 터진 내면의 상처로 피투성이가 되곤 하였다. 하지만 동생 여덟을 둔 사람으로서 별다른 묘수가 없었다. 행여라도 부여받은 굴레를 벗을 생각은 아예 해보지도 않았다.

그러구러 몇 해가 흘렀고 나는 그에게 거짓말을 하기 시작했다. 간절한 마음과는 달리 날 선 절교편지를 부쳤다. 그러나 그때까지만 해도 두 사람의 인연은 닿아있었던지 며칠 못 가 우연히 만나는 일이 빚어졌다. 서로가 연고와는 무관한 강남의 신사동 로터리— 나는 이편 정류장에 서 있고, 그는 회사동료들과 건너편 정류장에 서 있었다. 잠시 후 그는 내게로 건너왔고 편지의 내용에 대해서는 두 사람 다 입을 열지 않았다. 언제 무슨 일이 있었느냐는 듯 같은 버스를 타고 재재거리며 돌아다녔다.

그러던 어느 날 그는 미국으로의 국비유학을 준비하고 있다고 했다. 나는 그를 붙잡아 세울 생각은 하지 못하고, 진로를 향해 나아가는 그 길을 부러워했다. 뜻이 확고하니 분명 큰 사람이 되리라 믿었다.

한창 푸르던 시절, 왜 갈등이 없었겠는가. '한 하늘 아래 숨 쉬는 것만으로도 행복을 느낄 거'라며 근사한 포장으로 그를 떼어 놓았지만, 돌아서서 어찌 가슴 쥐어뜯지 않았으랴. 허나 청운의 꿈에 부풀어 해외진출을 희망하는 사람을 내 욕심에 겨워 가둘 수는 없는 일이었다. 더욱이나 부모형제를 외면하고 사랑을 택해 따라나설 배짱은 열 번을 다시 태어난다 해도 희박한 일이다.

이즈음에도 은연중에 그와 함께 걷던 길에 가 닿는 날이면 가슴부터 울렁인다. 현악기의 울림통인 양, 가랑비를 모아둔 비받이 물통인 양 한 차례씩 공명共鳴현상이 일어난다. 그러다가 먼 기억속의 가는 현을 늘리어 가랑가랑 소리를 낸다.

딴청피기 고수들

달빛 고운 밤입니다. 하현달이군요. 중천에 걸려 다감하게 말을 걸어오네요. 저는 가끔 관찰자시점에서 세상일을 관망하는 버릇이 있답니다. 그렇게 보면 시야가 한결 넓어지지요.

계절 변화를 응시하던 당신이 망연해하고 있었습니다. 먼 산을 바라보다가 하늘을 쳐다보다가 발끝을 내려다보다가 하며 눈이 젖고 있던 걸요. 저는 그 모습에 지레 목을 놓았습니다. 서로 간에 얼마간 잊고 있던 나이를 떠올린 것이지요. 화살 같은 날들이 참 많이 흘렀습니다. 당신의 그윽한 눈빛이, 진지한 목소리가 제 가슴에 서늘한 바람으로 들어앉은 게 언제인지 아득합니다.

헌데 당신이 새삼 흐르는 시간 앞에서 회심해하고 있지 않겠습니까. 순간 저도 나태했던 정신이 번쩍 났습니다. 그렇구나. 이렇게 우리네 인생이 거침없는 물살에 휩쓸리고 있구나. 혈육이란 이름으로 고리 지어진 형제들이, 정신적 소통에 전율하는 벗들이, 오십대요 육십대요 칠십대의 강을 건너며 저리도 바삐 철벅거리는구나. 어디 이뿐인가요. 한 시대를 공유한 숱한 문인들이 사제지간이며 선후배간의 연을 후두둑후두둑 잘라내고 저리도 화급히 갈림길을 가는구나 하고요.

이쯤에서 저는 또 자주 하는 습성대로 관찰자시점에 서 있지 뭐겠습니까. 제가 살아온 시간보다도 당신에게 허용된 시간을 헤아리며 애처로웠습니다. 함께 해온 세월의 켜야 접어두고라도, 앞으로 살가운 사람들끼리 가까이서 마주보며 정을 나눌 시간이 얼마나 주어졌을까 하는 데에 생각이 미쳐 애달팠습니다. 그러면서 당신의 여린 모습 곁에 제 모습도 얼비쳐 숨죽여 눈물지었지요.

— 한낮의 꿈이었습니다. 깜빡 단잠이 들었는데 당신이 등장한 게지요. 눈을 떴을 때 시야에 들어온 것은 푸르디 푸른 앞산의 초목이었습니다. 햇살 받는 그것들이 눈부셨습니다. 저는 천천히 가슴을 쓸어내렸습니다. 그간 묻어두고 굳이 들춰 확인하려 들지 않은 단면이 고개 든 탓이지요. 참 예민한 부분이지 뭡니까. 삼년고개에서 삼천 번을 굴러 명命을 이었다는 삼천갑자 동방삭 이야기가 어릴 때는 위안이더니 이젠 쓸쓸함으로 다가오네요.

그래요. 우리들은 겁쟁이입니다. 몸서리쳐지게 빠른 세월의 급물살을 모른척하고자, 저마다 처한 곳에서 열심히 딴청 피며 살아가고 있는 것을요. 그 내밀한 방을 엿보고도 금세 이리 아무렇지도 않은 듯 일상을 끌어안고 위장하는 것을 보면 우리는 이미 고수들입니다.

사람마다 세상에 날 때는 맡겨진 소임이 있다고 생각되어요. 주어진 시간동안 그 일을, 그 노릇을 깜량껏 하면 되겠지요. 하지만 건강이 위협할 땐 행여 제게 부여된 일을 다 못할까 하는 생각이 들 때가 있어요. 그래도 그런 엄살이나 기우는 되도록 접어두고 생을 악착같이 껴안고 걸어가는 것이지요. 흑백의 피아노 건반을 조율하듯이 조심조심 강약의 멜로디를 만들고, 그리 형성된 운율을 멋스럽게 타면서요.

저는 요즈음 주말을 이용한 농사일에 정신의 반을 떼어놓고 산답니다. 충청도와 경기도를 오가는 동안 봄, 여름이 가고 있네요. 그사이 마늘을 캤고, 강낭콩과 옥수수를 땄어요. 그리고 찔레덩굴 무덕무덕 꽃피운 모습도 보았지요. 하늘의 기운과 조화를 이루는 땅은 항상 뭔가를 밀어 올리지 뭐예요. 사람들은 거기서 숱한 메시지를 받아 새기고요.

당신! 고마워요. 무의식의 공간에서 그토록 솔직한, 티끌만큼의 가식도 없는 어린아이 같은 표정으로 고요속의 심적 색채를 들켜 주어서요. 그래서 제가 차마 꺼내지 못하던 이야기를 이렇듯 어설픈 가락으로나마 내비치게 해서요.

점점 목덜미를 스치는 바람자락이 살갑고, 가느다란 빗줄기에조차 가슴 젖습니다. 심금을 울리는 사람이야 말해 뭐하겠습니까. 한 시대를 풍미하는 무대의 주인공들로서 꿈인 듯 생시인 듯 얼굴 보면 빙긋 웃지요. 그 미소 속에, 혹은 끄덕이는 고갯짓에서 딴청에 능한 마음자락을 서로 알아보면 커다란 위안 아닐는지요. 우리가 살아가며 딴청 필 일이 비단 생사生死문제뿐이겠습니까.

김선화 | 1999년 『월간문학』 수필, 2006년 청소년소설 등단.
수필집 『포옹』 등. 시집 『꽃불』 등. 청소년소설집 『솔수평이 사람들』 등. morakjung@hanmail.net

수필 | 김화숙

논

매무새가 펑퍼짐하다. 눌러쓴 모자 사이로 살짝 보이는 얼굴빛이 노르스름하다. 말없이 앉아 있는 모습이 안쓰럽기까지 하다. 뭔가 물어보려다가 그만두고 그녀의 몸매를 다시 본다. 육십 대 중반으로 보이는 그녀의 풍만한 몸매는 다산의 상징인 빌렌 도르프의 비너스를 닮았다. 아이를 여럿 낳았음을 알려준다. 그 아이들은 대처로 나가서 이제 어엿한 가정을 이루고 살아갈 것이다. 그 아이들 중에 딸도 있어서 그 딸도 벌써 아이를 낳았을지 모른다. 논둑에서 호미로 뭔가를 심다가 잠시 쉬고 있다. 나무껍질 같은 손이 햇빛 아래 드러나 있다. 장갑도 끼지 않은 투박한 손이다.

오월이 무르익어간다. 넘실대는 물속에서 연약하고 푸른 싹이 살짝 고개 내밀고 있다. 투명한 물을 통하여 모가 이제 막 뿌리 내리기 시작한 것을 알 수 있다. 한 쪽에는 다 심어 속이 빈 모판이 쌓여있다. 귀중한 모를 풀어내고 제 할 일을 다 했다는 듯이 느긋하게 물러나 막 푸르러지기 시작한 모를 바라본다. 논 주인이 물을 넉넉하게 끌어왔나 보다. 줄 맞추어 나란히 서 있는 작은 싹은 찰랑거리는 물과 따뜻하게 내리쪼이는 햇볕을 받아 반짝 반짝 빛난다. 곧 무성하게 자랄 것이다.

논은 농촌에서 가장 소중한 재산이다. 어릴 때 우리 논은 오리도 더 멀리 있는 것 같았다. 어른이 돼서 자동차로 가보니 십분도 채 걸리지 않았다. 열 살 안팎이었던 그때는 왜 그렇게 멀리 있는 것처럼 느껴졌을까. 산과 맞닿아 있는 그 논에서 나오는 쌀로 우리 가족은 끼니를 잇고 생활할 돈을 만들었다. 저녁을 먹고 나면 아버지는 삽을 어깨에 메고 마실 삼아 논을 보러 가곤 했다. 늘 물길이 문제였다. 가뭄이 들지 않더라도 다른 논에서 물길을 끊어 버릴 때가 종종 있기 때문에 아버지는 아침이나 저녁이나 논으로 물을 보러 가곤 했다. 오월이 지나고 유월이 되면 모는 제법 자란다. 모만 커 가는 게 아니라 그 속에는 피라는 쭉정이도 같이 영글어 가기 때문에 영양분을 빼앗기지 않기 위해서는 뽑아야 했다.

무더위가 한창인 칠월 중순쯤인 것 같다. 아버지는 논에서 피를 뽑다가 독사에 물리고 말았다. 독사는 새끼손가락만 했다. 하지만 독사인지라 이름값을 했다. 아버지는 고무줄로 재빨리 다리를 묶은 다음 쇠비름 풀을 빻아 다리에 붙이고 그 먼 거리를 절뚝거리며 돌아왔다. 읍내에 있는 병원까지 가서 독을 뽑아내고서야 무사할 수 있었다. 워낙 빨리 다리를 묶었을 뿐 아니라 작은 독사였기에 망정이지 큰일 날 뻔했다고 동네 사람들은 말했다.

논은 가족의 생명줄이나 마찬가지기에 파충류가 우글거리거나 잡풀이 무성해도 포기할 수 없다. 마치 생명을 가진 생물처럼 소중하게 사랑과 정성을 쏟는다.

우리 논은 독충도 많았지만 물을 끌어오는 데도 만만치 않은 공을 들여야 했다. 저수지가 상당히 멀었고 또 물길이 길어서 여러 농부가 물을 자기네 논으로 끌어가려고 기를 쓰기 때문이다. 비가 필요 이상으로 많이 오면 논둑을 터서 물을 뽑아내야 했다.

나는 아버지를 따라가서 논둑에서 풀을 베거나 개구리를 잡기도 했다. 논에서 오백 미터 정도 내려가면 잠실 축구장보다 세배는 큰 저수지가 있다. 밑에 있는 저수지라 우리 논에 물을 댈 수는 없었지만 멀리서 탐스럽게 넘실대는 물은 맘껏 구경할 수는 있었다. 산속에 있는 논이기 때문인지 근처에는 개구리가 많았다. 인적이 드문 골짜기에 사는 개구리는 흔히 주변에서 볼 수 있는 개구리가 아니다. 어른 주먹만해서 개구리와 달리 머구리라고 불렀는데 배 바닥이 하얗고 살집이 풍부했다. 남자아이들은 머구리를 잡아서 불에 구워 먹기도 했다. 삶아서 오리나 닭의 먹이로 주면 살이 부쩍 오르고 그렇게 자란 가축은 팔아서 살림에 보태기도 했다.

그 시절은 초등학교에 다니는 어린이라 할지라도 살림에 도움이 될 만한 일은 무엇이든 했다. 모내기철이 되면 중・고등학생은 말할 것도 없고 예닐곱 살 정도의 아이들도 모내기 판에 동원되었다. 줄을 맞추기도 하고 더러는 모를 심기도 했다.

모는 물만 먹고도 무럭무럭 자랐다. 거름이나 비료를 주기도 했지만 한두 번이면 족했다. 아버지는 논에서 여름을 보냈다. 나는 지금도 종종 생각한다. 감성이 풍부한 문학청년인 아버지가 하루 종일 허리 굽혀 피를 뽑다가 해가 뉘엿뉘엿 지는 능선을 보며 무슨 생각을 했을지. 눈만 말똥거리는 자식들을 보면서 그 자식에게 자신의 꿈을 이식하지나 않았는지. 일렁이는 가슴을 논에서 자라는 벼를 보면서 어찌 달랬을지.

벼는 햇볕을 양분 삼아 알맹이를 키워간다. 아버지 마음에 나도 점점 여물어 가는 알맹이가 아니었을까. 그래서 가슴속에 웅크리고 있는 다른 삶에 대한 그리움을 달랠 수 있지 않았을까.

자식들이 아버지에게는 어르고 다듬고 가꾸어야 하는 논 같은 것이 아니었을까.

아버지의 정성과 꿈을 먹고 자란 벼는 찬바람이 불 때에야 제 모습을 완전히 드러냈다. 벼를 베어 말리면 한숨을 돌리곤 했다. 아버지의 소년 같은 설렘은 그때부터 시작됐다. 겨울 동안 아버지는 논에 대한 관심을 접어두고 밤을 새워가며 책을 읽었다.

벼를 탈곡하는 날은 동네잔치를 벌이는 순간이다. 서로 품을 팔아서 여럿이서 훑었는데 누구 집 벼가 잘 여물었는지 탈곡할 때면 알 수가 있었다. 간혹 볏단에 섞여온 쭉정이도 있었는데 그것들은 한데 모았다가 아궁이에 던져 넣었다.

오월의 바람이 다시 어린 모를 쓸어간다. 여인이 둑에서 천천히 일어섰다. 설마 콩이라도 심었을까. 아버지는 문전옥답의 기름진 땅을 원하셨지만 그런 땅을 갖기는 쉽지 않았다. 여덟 식구가 생활하기에는 턱없이 부족한 땅이었기에 논둑이나 텃밭이나 열매를 맺을 만한 땅에는 콩이나 팥을 심었다. 기름진 땅이 많지도 않았지만 노는 땅은 거의 없었다. 그래서 논둑에 콩 심는 것은 여인들의 습관이 되기도 했다.

여인이 일어나서 논을 한 바퀴 둘러본다. 바구니를 들고 논둑 위를 걸어 내 옆을 지나쳤다. 언뜻 봤을 때 얼굴이 낯익어 주춤했다. 하지만 곧 어디서나 볼 수 있는 평범한 얼굴이라는 것을 알았다. 나이가 많은 사람일수록 닮은 부분이 많아지는 것 같다. 그녀는 기다리는 사람이 있었던 듯 나를 유심히 바라보다가 비포장도로를 걸어 동네로 갔다. 그녀의 뒷모습이 논 위에 그림자를 드리운다. 어린 모가 그녀의 그림자에 호응하듯이 살짝 흔들린다.

고질

어깨가 뒤숭숭하다. 아무리 주무르고 얼려도 고장 난 기계처럼 뻑뻑거리기만 할 뿐 잘 돌아가지 않는다. 나이 먹으면 누구나 지병 한둘 쯤 액세서리로 갖고 있는 것이라고 친구는 통달한 듯이 말한다. 그렇더라도 나는 평생을 물고 늘어지는 어깨 통증에서 벗어나고 싶다.

어깨뿐이 아니다. 통증은 등허리를 타고 내려가 엉덩이까지 이른다. 비가 오거나 날씨가 추워지면 몸 한 부분이 굳어 버린 것 같다. 어깨는 신기하게도 내 몸 상태를 그대로 나타낸다. 슬프거나 우울할 때면 마음을 꿰뚫어 보기라도 한 듯 살얼음처럼 한쪽부터 굳어지기 시작한다. 이십 대 초반부터 아프기 시작한 어깨는 흐르는 세월 속에서 때로는 심하게 때로는 가볍게 내 몸을 지배해 왔다.

어깨가 아플 때마다 고질병 때문에 고생한 엄마 생각이 난다. 엄마의 낫지 않는 지병은 가슴애피라고 했다. 국어사전을 아무리 찾아봐도 그 단어는 없다. 가슴앓이를 가슴애피라고 불렀던 것 같다. 가슴앓이는 병도 아닌 예사로운 증상처럼 적혀 있지만 그 당시는 엄마를 옭아매는 올무였다. 엄마는 시도 때도 없이 가슴을 부여잡고 답답해하다가 고통이 심해지면 두 손을 번갈아 가며 가슴을 치고는 했다.

엄마가 아파할 때면 나도 덩달아 아팠다. 가슴앓이는 쉽사리 낫지 않아서 고질이라고 한다던가. 웃기 좋아하고 시골 사람 답지 않게 하얀 피부를 가진 엄마가 가슴에 손을 얹고 고통스러워할 때면 엄마가 아닌 그저 한 명의 여자를 보고 있는 것 같았다. 엄마는 우리라는 울타리에서 벗어나 당신만의 세계에 갇힌 것 같았다. 나는 얼른 자라서 엄마의 병을 고쳐주고 싶었다.

아버지는 엄마의 병이 가슴을 넘어 머리까지 퍼지자 사방팔방으로 치료방법을 찾으러 다녔다. 두통을 낫게 하는 민간요법이 여기저기서 들려왔다. 앞 동네 동갑내기 아주머니가 수세미 덩굴 가루를 복용하고 나았다고 하여 그 방법을 써 봤지만 낫기는 커녕 더 아팠다.

엄마는 가슴앓이로 인해 많은 것을 포기해야 했다. 총기가 있고 기억력이 남달라서 동네사람의 자문역할을 하던 엄마는 고질에 발목이 잡혀 점점 자신감을 잃어갔다.

성경에서 사도 바울의 고질병에 대해 읽은 기억이 난다. 안질이라고도 하고 간질이라고도 하는데 그가 기도하는 시간까지 빼앗을 정도로 고통스럽게 했다. 그는 병이 낫지 않는 것에 대해 신의 의중을 의심했다. 신의 일을 하기 때문에 특별한 보살핌을 받을 것이라고 믿었던 그는 매달리고 원망하고 나중에는 탄원까지 했지만 고질병에서 벗어 날 수는 없었다. 모든 것을 걸어서 믿고 또 그럴 능력이 있다고 믿는 신은 그의 고질을 고쳐주지 않았다. 고질에 익숙해 질 즈음 그 병은 그에게 있어야만 하는 이유가 있는 듯했다. 그는 스스로 그것을 받아들였다.

이제 나는 엄마가 가슴을 부여잡으며 힘들어하던 때만큼 나이

먹었다. 어깨 통증 때문에 이십 대 초반부터 바쁜 시간 중에서도 짬을 내어 운동하는 습관을 갖게 됐다. 운동을 꾸준히 하다 보면 어깨 통증이 가라앉을 뿐 아니라 머리도 맑아진다. 새벽에 일어나 한 시간씩 산책을 하는데 그 순간은 완전히 혼자가 되는 시간이다. 나 자신에 대한 깊은 생각과 앞으로 살아갈 구상을 하면서 새벽 산책을 한다. 그때 나는 다른 사람보다 더 노력을 해야 한다는 것을 알게 됐다. 남들이 갖고 있지 않는 어려운 문제를 하나 더 갖고 있기 때문이다.

운동도 열심히 했지만 때로는 침을 맞기도 하고 찜질을 하기도 한다. 긴 세월 동안 운동과 치료를 병행한 결과 지금은 어깨 통증을 묵묵히 지켜볼 수가 있게 됐다.

아무리 몸 상태가 좋지 않은 순간이라도 어깨 통증을 가라앉히는 방법 한두 가지는 알고 있다. 이제는 어깨 통증으로 인해 우울증을 앓는 사태는 오지 않으리라고 확신한다. 엄마가 살던 시대보다도 치료하는 방법이 좋아졌고 통증에 대한 정보가 많은 까닭이다. 엄마를 옭아매던 지병도 세월을 건너뛰어 지금에 와 있다면 사전에 쓰여 있는 것처럼 그저 하찮은 증상일지 모르겠다. 내시경 한 번으로 말끔히 나을 수 있는 병인지도 모르겠다.

친구 말대로 보통 사람은 누구나 고질병 한두 개는 가지고 있을 것이다. 그래서 남모르게 스스로와 싸우며 고통을 삭여내고 있는지도 모른다. 친구는 지병을 신이 내린 채찍이라고 말한다. 오만하기 쉽고 편안을 좇기 쉬운 사람들의 나태함을 막기 위한 수단으로 사용한다는 것이다. 어깨 통증을 겪으면서 몸에는 한계가 있고 세상일이 내 맘대로 되지 않는다는 것을 알게 된 것이 수확이라면 수확일까. 어깨 통증은 내게 적당한 담금질이었을까.

출근길 버스에서 우리나라 고질병에 대한 뉴스가 잠깐 흘러나왔다. 고질병인 지역감정을 고쳐야만 나라가 더 발전할 수 있다고 하는데 엄마의 목숨까지 앗아간 질병이 이제는 적당히 다스리며 공존하는 증상으로 변한 것처럼 우리나라도 지역 싸움을 잘 아울러서 담금질의 도구로 삼는 것이 어떨까.

몸 상태가 좋을 때면 어깨 통증은 묵직하게 저 혼자 노는 증상일 뿐이다. 마음이 석연치 않을 때는 목을 타고 올라가서 뒤통수까지 잡아끄는 강력한 훼방꾼이 된다. 고질병에 내가 먹히느냐 아니면 나를 완숙시키는 도구로 삼느냐는 나 하기 나름인 것 같다. 고질병에 먹히지 않고 지배할 수 있도록 오늘도 운동을 하고 먹을 것을 조절하고 욕심을 덜어낸다.

나를 담금질하는 도구로 삼아 한 치 건너서 바라볼 수 있는 여유를 가질 수 있다면 고질병은 오히려 나를 바른길로 안내하는 친구인 셈이다.

김화숙 | 2006년 『국보문학』 수필, 2007년 『서라벌문예』 시 등단.
becausee@geumcheon.go.kr

수필 | 신숙영

한산모시

광장시장 여덟 평 남짓한 친구 가게에는 모시가 켜켜로 쌓여 있다. 그중에는 천연 그대로의 색상도 있지만, 곱게 물들여진 모시들도 있다. 하지만 그 대부분이 중국에서 들어온 것이라니 우리 것은 어디로 사라진 것일까. 값 싼 중국산에 밀려 앞자리를 내어준 것일까.

친구와 차 한 잔 나누는 사이 곱상한 노인 한 분이 오셨다. 오래 전부터 잘 알고 지내온 단골손님인 모양이다. 손님이 앉자마자 다락으로 올라간 친구는 고운 보자기에 쌓아둔 무엇인가를 꺼내온다. 꼭꼭 숨어 있다가 필요한 손님이 와야만 선을 보이는 한산모시다. 그 품질은 명품 중 명품이지만 중국산의 몇 배나 되는 비싼 가격 때문에 빛을 보지 못해 아쉬움이 남는다.

몇 해 전 서천지역으로 문학기행을 떠났다. 내 고향이기도 하지만 그곳에 가면 꼭 들르고 싶은 곳이 몇 군데 있다. 그 첫 번째는 서천 읍내에서 약간 벗어난 신성리 갈대밭이다. 서천의 자랑이기도 하지만 영화 '공동 경비구역' 촬영지이기도 하다. 그리고 강 하나를 두고 군산과 서천이 이어지는 금강이 시원스럽게 펼쳐진 곳이다. 우리 일행은 갈대밭 사이사이를 누비고 다녔다. 소녀의 마음으로 들어서서 각자의 추억 만들기에 바빴다. 추억은 문고리처럼 잡히는 게 아니라고 했다. 그러나 나는 잡을 수만 있다면 잡아놓고 싶다. 웅장하게 이어지는 갈대밭 언저리에 아쉬움 하나 남겨두고 한산 읍내로 들어갔다. 이곳에서 꼽을 것은 한산 소곡주다. 임금님께 진상하던 술이니 당연히 사들고 올라가야 남편들이 좋아하지 않을까. 버스 트렁크에 소곡주를 실어놓고 한산 모시 답사 길로 향했다.

한산모시박물관은 빠트리지 말고 꼭 들러야하는 곳이다. 우리가 박물관 입구에 도착하자 문화해설사가 반갑게 맞아준다. 그녀는 모시의 고장 사람답게 고상한 모시옷을 입고 나와서 모시에 대한 설명을 차분하게 시작한다. 모시가 자라는 과정부터 모시를 만들고 삼는 일, 베를 짜는 일 등등. 그리고 이파리는 떡을 만들고 차로 끓여먹는다는 설명까지 빠뜨리지 않는다.

한산모시박물관 안에는 여러 종류의 모시옷이 진열되어 있다. 화려하면서도 정갈해 보이고 우아하면서도 사치스럽지 않은 모시옷들을 본 순간 맘껏 입어보고 싶다. 그러나 전시된 옷이라서 눈으로만 감상할 수밖에 없었다. 우리들의 눈길을 잡아 놓은 곳은 모시로 만든 원피스였다. 고운 색상, 개성 있는 디자인, 기계의 힘이 아닌 수작업의 옷들은 일류 백화점에서 판매하는 고가의 옷에 비할 수 없을 만큼 고풍스럽다. 모시옷, 하면 입기 불편한 한복 치마와 저고리, 속옷을 떠올렸는데 겉옷으로도 저렇게 우아하고 세련된 디자인으로 만들어 진다는 게 가슴을 찡하게 한다.

천 사백여년의 전통과 역사를 간직하고 있다는 한산모시의 그 섬세함은 우리 어머니들의 손길에서 나온 것이다. 한 올 한 올 앞니로 쪼개어 한 가닥 한 가닥 잇기까지 얼마나 많은 공을 들였던가. 입술이 부르트고 터지고, 무릎이 반질반질하게 되도록 비벼서 삼아내던 모시. 그렇게 만들어진 모시옷은 잠자리 날개에 비유될 만큼 가늘고 가볍다고 한다. 희고 고운 한산모시. 올 여름에는 나도 한복을 만들어 입고 한 여름 나들이 길에 나서고 싶다. 무더위가 기승을 부려도 모시의 시원함은 여름철 최고의 옷감이니까.

한산모시는 삼국시대부터 한산면 건지산 기슭의 야생 저마(모시풀)를 원료로 짜기 시작해 고려시대에는 명나라 공물로, 조선시대에는 진상품으로 명성을 떨쳤다고 한다. 모시옷을 입어 본 사람은 얼마나 가볍고 통풍과 땀 흡수가 잘되는지 알 수 있다고 한다. 게다가 깔깔한 감촉이 시원함을 더해준 만큼 어릴 적 시골에서는 하얀 모시옷을 입은 어르신들을 자주 뵐 수 있었다. 동구 밖 팽나무 그늘 아래서 하얀 모시옷을 입고 부채질을 하던 할머니 할아버지들의 여름나기가 전시관을 나오며 떠올랐다. 게다가 내구성도 뛰어나 빨아 입을수록 백옥 같이 변하여 늘 새 옷 같던 모시옷. 풀을 먹여 빳빳하게 손질하면 십여 년을 입어도 항상 새 옷처럼 보였다. 그런 모시옷을 입은 어머니 모습에서 때로는 단아한 안방마님의 품위가 느껴지기도 했다.

그러나 문명이 발달한 지금은 손길이 많이 가고 고가의 가격에 찾는 사람이 드물다. 여성들은 기분 전환을 하기 위해 백화점에 들어가 아이쇼핑만 하고 나와도 마음이 한결 가벼워진다. 그런데 모시관을 나온 나는 입이 벌어질 만큼 화려하고 고상한 옷들을 맘껏 바라봤건만 어딘가 모르게 허전한 마음이 들었다. 무엇인가 내 소중함 하나 놓고 나오는 듯하여 자꾸만 뒤를 돌아보았다.

한산모시박물관에서 나온 우리는 옆에 있는 한옥 건물로 올라갔다. 그곳에는 한산모시를 홍보하는 곳인 만큼 모시를 삼는 과

정부터 베를 짜는 과정까지 한 눈에 다 볼 수 있도록 직접 일을 하고 있었다. 낯익은 베틀, 그 위에 앉아 있는 수더분하게 생긴 할머니를 보니 사십여 년 전 어머니 모습이 떠오른다. 어머니도 저렇게 베틀에 앉아서 베를 짰다. 찰칵찰칵 북이 오가고 손과 발이 상하로 지그재그 움직이며 가느다란 모시가 얇은 천으로 만들어질 때까지 밤낮을 잊었다. 온종일 베틀에 앉아 허리 한 번 제대로 펴지 못하고 하얀 모시가 짜여지면 배 안 쪽으로 돌돌 말아가며 모시를 짰다. 그 부피가 늘어날수록 허리에 느껴지는 무게로 힘들었으련만 오로지 모시 짜는 일에만 몰두하였다. 그런 모시는 한겨울 시골 아주머니들의 부업으로 고가의 수입이 되었다. 겨우내 모시를 짜서 생계를 유지하였으니 집집마다 모시를 삼고 짜는 일은 필수였다.

연세가 들어 보이는 저 할머니도 젊어서부터 지금까지 저 일을 해왔을 것이다. 그래서 몇 명 남지 않은 무형문화재 중 한 분으로 남았을 것이다. 한 평생을 모시와 함께 살아온 어려웠던 시절이지만 그 삶의 흔적에서 잊혀지고 있는 우리 것을 알리는 저 손길이 명품을 만들어낸 것이다. 명품은 누군가의 피나는 정성에서 쉽게 버리지 않고 고집스럽게 그 맥을 이어갈 때 만들어진다. 가늘고 하얀 한산모시가 명품이 되기까지는 검게 탄 얼굴이, 주름 가득한 얼굴이, 평화롭게 보여 지기 때문인지도 모른다.

광장시장 친구네 작은 가게에 고이 모셔둔 한산모시를 찾는 사람을 보자 마치 고향 사람을 만난 듯 반갑고 기쁘다. 정성으로 만든 소중한 우리 것을 명품으로 알고 찾아오는 사람들이 아닌가. 저 발길이 끊이지 않기를 바라는 마음이다.

뒤에야

아침 여덟시 반이면 어김없이 보내오는 카톡의 주인공이 있다. 가슴에 와 닿는 반짝이는 글, 여행을 떠난 듯한 아름다운 풍경, 영상, 좋아하는 가수의 콘서트에 간 듯한 음악 등을 접하며 하루를 시작한다. 짧은 글 안에서 읽으면 읽을수록 가슴 찡하게 다가오는 그 느낌은 그 날 그 날에 맞는 글들이다. 스팸 문자나 주고 나눌 만큼 한가한 친구도 아니고 사업가로서 늘 바쁘게 움직이는 친구이건만 이렇게 행복을 전달한 게 3년이 넘는다.

처음에는 그 내용들을 접하며 가슴 설레기도 하였다. 꼭 내게 하고 싶은 말들을 이렇게 전하는구나 하는 느낌이었으니까. 이런 글들이 청춘 남녀가 받아본다면 사랑의 메시지로 완벽할 것 같았다. 그러니 답 글쓰기가 애매했다. 어떤 답을 보내 줄까? 사랑의 메시지? 아니야 그건 오버겠지. 그 친구가 나를 좋아하나? 아니야 그건 내 착각일거야. 자칫 내 감정에 잘못 치우쳐 오해의 소지를 만들면 안 되겠지 라는 판단에 곰곰이 생각했다. 이렇게 혼자서 고민하며 내 나름대로의 느낌을 보냈다. 그리고 더러는 그 글에 맞는 시 한편을 찾아 보내주었다.

서로가 바쁘게 살다보니 시 한편 읽지 못하는 날들이 많은데 카톡 때문에 시집 한 권 꺼내 읽는 재미도 쏠쏠했다. 그래서인지 카톡으로 전해오는 글들을 좋아한다. 한 줄의 글을 읽으며 보내온 이를 생각할 수도 있고, 누군가가 내 이름 석 자를 기억하고 있다는 것도 행복한 일이기 때문이다. 게다가 좋은 글들을 읽고 나면 나를 돌아 볼 수도 있고, 메모장에 남겨놓고 생각도 하게 되니까. 그리고 나도 모르게 나태해질 때, 이 한 줄의 메모 장을 열고 그 속에서 무언가를 찾는다면 이보다 더 좋은 일이 어디 있을까 싶다.

그리고 대중교통을 이용하다보면 책 한권 손에 든 사람은 드물어도 스마트폰을 들지 않은 사람은 없다. 고개를 들고 풍경을 감상하기보다 고개를 숙인 사람들이 더 많다. 나 또한 그런 날들이 종종 있으니까. 한 공간 안에서 무엇인가 열심히 하는 것 같은데 그 모습이 꼭 좋아 보이지 않는 것도 스마트폰이 주는 문제점일 것이다. 그런 스마트폰이지만 우리들 생활에서 없어서는 안될 소중한 물건이기도 하다. 책 한 권 꺼내 읽을 시간은 없어도 이 안에 들어있는 좋은 글을 접하는 것만으로도 만족했다. 그게 나만의 상상으로 끝나도 좋고, 나만의 착각에 빠져도 좋다. 누군가 나와 함께 이 순간을 공유할 수 있다는 것이 행복했다. 착각도, 상상도 자유인 행복을 누리는 것도 나만의 생활이니까.

그렇게 얼마나 지났을까. 친구들을 만나 이런 저런 이야기를 하다보니 지금까지 수 없이 받은 글들이 여러 친구들과 함께 전달된 사실을 알게 되었다. 그것도 모르고 나는 나름대로의 상상을 하며 가슴 설레었던 날들이다. 그 상상의 시간들이 산허리에 걸터앉은 물안개 걷히듯이 서서히 흩어지고 있었지만 그 순간들이 즐거웠다. 어째서 나에게만 보내왔을 거라고 착각하며 살았을까? 그러고 보니 착각도 어떻게 하느냐에 따라 즐거움이고 행복이다. 여러 친구들 중에 또 다른 누군가가 나와 같은 생각을 하고 있었다면 그것도 좋은 일 아닐까? 지금 이 순간에도 보이지 않는 공간 속에서 함께 공유하고 느끼는 일들이 수없이 일어날 것이다. 비록 나의 상상은 허탈하게 사그라졌지만 친구란 단어가 주는 그 순수한 우정은 상록수 못지않게 남아있다. 이 얼마나 행복한 상상이고 소박한 우정인가. 엔돌핀이 팍팍 돌 일이다. 얼마 전 친구가 보내온 한편의 시가 아른거린다.

> 고요히 앉아본 뒤에야 평상시의 마음이 경박했음을 알았습니다.
> 침묵을 지킨 뒤에야 지난날의 언어가 소란스러웠음을 알았습니다.
> 일을 돌아본 뒤에야 시간을 무의미하게 보냈음을 알았습니다.
> 문을 닫아건 뒤에야 앞서의 사귐이 지나쳤음을 알았습니다.
> 욕심을 줄인 뒤에야 이전의 잘못이 많았음을 알았습니다.
> 마음을 쏟은 뒤에야 평소의 마음 씀이 각박했음을 알았습니다.

–중국 명나라 시인 진계유

「뒤에야」라는 이 한 한편의 시가 늘 머릿속에서 맴돌고 있었는데 얼마 전에야 또 다른 친구의 삶을 알게 되었다. 항상 밝은 표정이었기에 근심걱정 하나 없는 줄 알았다. 늘 긍정적인 생각에 하는 일들도 술술 풀리는 줄만 알았다. 그러던 어느 날 고향으로 문상 갈 일이 생겨서 같이 갈 수 있겠냐고 했더니 아이를 데려가기 때문에 같이 갈 수 없다고 했다. 해서 나는 다른 친구들과 갔다. 그러나 도착지에서 만난 친구는 혼자였다. 아이가 어디 있냐고 물었을 때, 차 안에 있으니 인사나 하고 일찍 나온다는 것이다. 나는 내가 봐 줄 테니 걱정 말고 데려오라고 하였지만 안 된다고 한다. 나는 차 안에 아이를 혼자 놔두고 문상을 간다는 게 마음에 걸려서 그럼 먹을 것이라도 좀 갖다 준다고 하였더니 그것마저 거절하였다.

그 후 알고 보니 그 아이는 스무 살이 넘었지만 정신적 장애로 인하여 지적 능력이 떨어져 혼자 있을 수가 없다는 것이다. 주말이고 와이프는 직장에 나가고 아이를 돌 볼 사람이 없어 문상 가는 시간을 이용하여 데려왔다는 것이다. 자신도 인테리어라는 작업을 하며 늘 피곤하고 힘들었을 터인데. 그런 내색 한 번 하지 않는 친구를 다시 보았다. 게다가 치매 끼가 있는 어머니까지 모시고 산다는 말에 할 말을 잃었다. 이런 친구가 어디 또 있을까 싶다. 성격 좋고 긍정의 사고가 그 친구를 편안하게 하더니만 그 어려운 환경 속에서도 입가에 머무는 미소는 상대방을 참으로 편안하게 한 친구였다. 친구들이 어떤 말을 하더라고 이해하고 덮어주는 마음하나가 그 친구의 생활이었다. 남의 흉을 보지 않고 남의 말을 하지 않고 섭섭한 게 있으면 농담으로 풀어버리는 친구였으니 아무도 그를 싫어하지 않고 좋아 할 수밖에.

신록의 계절이다. 두 친구의 마음을 한 그루 소나무에 비교하고 싶다. 늘 옆에 있는 나무, 그래서 잘 알고 있다고 생각하면서도 모르는 일들이 더 많다. 어쩌면 오랜 세월이 지나간 뒤에야 참된 마음을 알게 되는 일들이 쏟아져 나오겠지.

신숙영 | 2004년『문학산책』등단. 수필집『표정읽기』『말강구』
suk396@hanmail.net

수필 | 윤영자

물꼬

긴 여름장마가 끝나고 계속되는 폭염으로 짜증스런 나날을 보냈다. 사계절 중 여름을 제일 싫어하는 나는 그 더위에 땀으로 범벅이 되어 얼마나 고생을 했는지 모른다. 나뭇잎들은 물 한 모금이라도 축이고 싶어 작은 바람에도 몸을 비튼다.

전원생활을 하고 있는 친구로부터 한 통의 전화가 걸려 왔다. 다짜고짜 전화선을 타고 들리는 소리는 시골에 내려가 처음 해보는 고추농사를 망쳤다는 것이다. 햇볕에 타서 말라비틀어지고 탄저병도 생기고 서투른 농사 때문에 남편과 늘 싸움만 하며 살고 있단다.

그 친구 남편은 잘 다니던 직장에 사표를 내던지고 노후에 좀 더 나은 삶을 누리겠다고 시골 생활을 자처해 떠났다. 한참 전원생활에 대한 붐이 일어난 시기여서 다른 친구들 모두 부러워했다.

수십 년 공무원 생활만 했던 친구의 남편은 평생 펜대만 잡아봤지 호밋자루 한번 잡아 본 적 없었던 왕초보라고 한다. 이야기를 듣고 보니 어이없는 행동으로 싸움이 잦았던 모양이다. 평소 밖으로 쏘다니기 좋아하는 친구는 샌님 같은 남편과 성격이 맞지 않아 서울을 들락날락거리고 농사엔 관심 없어 보인 사람인지라 내 생각도 고추농사는 아무나 하나 하며 데면데면 했다. 그 후

농촌 생활에 적응하지 못한 친구는 남편만 남겨두고 별거 아닌 별거생활로 서울을 왕래하며 살았다.

한 직장에 정들고 몸담아 오래 다니다보면 가끔은 다른 일을 해보고 싶은 생각이 들 것이다. 남들처럼 새로운 파라다이스가 펼쳐질 꿈을 꾸면서 말이다. 그러나 꿈이 현실과 정 반대일 때 그 실망은 이루 말할 수 없이 크다. 그래서 금슬 좋던 부부 사이도 네 탓이냐 내 탓이냐 싸움을 하게 된다. 이럴 때 메마른 논바닥에 물꼬를 터 수로에 물이 콸콸 소리 내며 논바닥을 흥건히 적셔줄 때 농부의 애타던 가슴도 시원하게 풀어줄 것이다.

나 또한 지난날을 돌이켜보면 남들이 보기에는 금슬 좋은 잉꼬부부라고 하지만 티격태격하며 지낼 때가 많았다. 내 남편도 그야말로 남들이 부러워하던 대기업에 사표를 던지고 사업을 한다고 했을 때 내 심정이 오죽했을까. 느닷없이 사업을 한다고 하여 바짓가랑이를 붙잡고 애원해 봐도 소용없었고 이혼해 버리겠다고 엄포를 부려도 막무가내로 고집불통이었다.

이길 재간이 없었던 나는 지켜만 보기로 하였다. 그 당시 아이들은 고만고만하고 당장 들어갈 돈은 많고 새로운 사업이 잘 된다는 보장도 없으니 하루하루 걱정만 쌓여갔다. 그때는 전셋집에 살 때라서 빨리 목돈을 만들어 집부터 장만하고 싶었다. 아이들이 큰소리쳐 떠들어도 주인 눈치 안 보게 해주는 게 내 작은 꿈이었다.

사업을 포기하면 큰일이라도 날듯이 펄펄 뛰던 남편의 사업은 하루가 다르게 번창했다. 그야말로 돈이 굴러오는 물꼬를 잘 튼 탓인지 사업 수완이 남보다 좋은 탓인지 몰라도 순조롭게 풀렸다. 눌렸던 인생의 전환점에 불꽃이 활짝 피어올랐다. 한때 살면서 돈벼락 한번 맞아 보고 죽어도 소원이 없겠다고 해본 적도 있었다. 그런데 꿈도 아니고 정말 나한테 돈벼락이 떨어졌다. 공사대금으로 받은 돈이 포대자루에서 현금으로 쏟아졌다 그렇게 큰 돈을 쥐어 본 적이 없던 나는 두 눈이 휘둥그레지도록 보고 또 보고 했다.

1970년대 후반은 농경사회에서 산업이 발달하여 공업사회로 변화하는 시기였기 때문에 남편이 하는 사업이 딱 맞아 떨어졌다. 환경사업에 손을 댔으니 정부에서도 많은 관심을 갖고 있었다. 대기오염과 폐수처리가 그 당시 심각한 이슈로 떠오르던 시절이기 때문이다. 여기저기 공장이 들어서고 굴뚝산업이 번창해 밥벌이하러 공장으로 몰려 너나 할 것 없이 서울로 상경했다. 그리고 자리를 잡고 2교대 3교대 근무를 하며 나라에 큰 일꾼으로 돈을 벌었고 경제를 일으키는데 젊은이들이 한 몫을 했다. 한편 우후죽순으로 세워지는 공장에서 뿜어 나오는 매연과 공장폐수로 골머리를 앓고 있을 때 그때 비로소 정부에서도 환경문제에 눈을 떴다.

대기업에서도 미처 손을 못 댄 환경사업을 남편은 과감하게 일을 벌였다. 시기적으로 운이 좋았다. 터닝 포인트로 기회를 잘 잡아 물꼬가 트여 돈이 술술 굴러들어와 신바람이 났다. 가는 곳마다 계약이 성사되었으며 그때부터 나에게 사모님이라고 부르는데 많이 쑥스러워 했다. 얼마 후 마당 안에 큰 은행나무와 감나무가 있는 주택을 구입하여 큰 아들이 세발자전거를 씽씽 탈 수 있게 하였다. 만약에 남편이 그냥 직장을 계속 다녀서 평범한 생활을 했다면 이런 행복도 누릴 수 없었을 터이다.

그러는 사이 남편은 선진국인 독일이나 캐나다, 일본에서는 환경사업이 발달하여 직접보고 배우려고 해외 출장이 잦았고 밖으로 나가 있는 시간이 허다하여 나는 아이들과 혼자 있는 시간이 많았다. 친구들은 짬을 내어 꽃꽂이다, 수영이다, 테니스를 배우러 다닌다고 자랑할 때 아이들 뒤치다꺼리만 하고 살았다. 남편이 사업 때문에 팔방미인처럼 이일 저일 다하고 다니면서 나는 애들만 잘 키우고 살림만 잘하면 된다는 말에 좀 언짢아했다.

이제 백발이 되어 쓸모없는 할머니로 평범하게 산다는 것이 더 억울하고 속상했고 나도 뭔가 해야지 하는 마음이 굴뚝같다. 지나온 세월 밋밋한 생활이 나를 게으름뱅이로 만든 젊은 시절이 아쉽고 회의를 느끼고 있을 때, 휙 스치고 지나가는 전율이 뜨거운 가슴에 꽂혔다. 그래 바로 이거야 나도 미쳐보고 싶은 것을 하고 싶다.

학창시절 문학소녀랍시고 옆구리에 시집이나 소설책을 끼고 다닌 추억도 새삼스럽다. 그래 몸은 늙었지만 감정까지 늙으라는 법은 없지 않은가. 늦었다고 생각할 때가 빠른 것이다. 처음 시작이 두렵고 겁나게 마련이다. 그러나 삶의 경험과 깊은 감정이 소재의 밑천이 될 수도 있다.

늦은 나이지만 주위에서 흉을 보든 말든 서서히 글 쓰는데 미쳐가고 있다. 열정 하나로 물꼬가 터진 심장엔 이미 뜨거운 피가 흐르고 있다. 내 심장 박동소리를 듣고 서서히 좋은 글을 쓰고 싶다는 욕심이 생긴다. 아이들 키우면서 피아노도 가르치고 여기저기 학원을 보내며 좋은 대학까지 나온 것을 보고 대리만족했는데 이제 자식들한테 보여주고 싶다. '엄마 이런 사람이었다'고.

남편은 적절한 시기에 사업이 잘 되어 시원한 물꼬가 터져 본인이 하고 싶은 것을 다해보고 살아왔고 지금도 노익장을 과시하며 산악자전거에 몸을 싣고 신비람 나게 방방곡곡 누비고 있다. 나도 글밭에 발을 디딘 지금 논에 물꼬를 터 물을 대고 한 해 농사가 대풍이 되듯 글발이 잘 풀려서 열매가 실하게 맺힐 수 있게 심혈을 기울일 참이다. 물꼬가 터져 넘치지도 않고 모자람도 없이 늘 촉촉한 글밭에서 오렌지 빛깔로 물든 노을을 바라보며 함께 황혼 길을 걷고 있다.

밴댕이 소갈머리

유채꽃이 샛노랗게 피어나고 청보리가 익어가던 봄날, 강화댁 마당에서 시끌벅적한 소리가 대문 밖까지 요란스럽다. 그 집에는 할아버지 한 분이 할머니 두 분을 거느리며 살고 있다. 과거 할아버지는 수십 마지기 논농사로 남부럽지 않게 살았다. 사변 때 아들을 둘씩이나 잃고 그 후 작은할머니를 새로 얻었으나 자식을 낳지 못해 할아버지 구박이 이만저만이 아니었다. 할아버지 성질이 외골수이고 고집이 세어서 다른 사람과 어울리지 못해 할머니들만 달달 볶아댔다.

그날도 강화댁이라 부르는 큰할머니는 영감이 미워서 애꿎은 작은할머니한테 면박을 주자 큰 소리가 났다. 그럭저럭 산 지가 사십 년 가까이 되어 미운 정 고운 정 다 들어 서로 의지하며 친자매이상으로 살고 있던 터였다. 그래도 가끔 부화가 치밀어오르면 서로 앙숙처럼 으르렁거리고 사소한 일에도 삐지기 일쑤다.

아들 둘 앞세운 할아버지는 매일 술에 절어 막걸리를 옆구리에 끼고 산다. 늙고 병들어 기력이 쇠약하여도 큰소리 빵빵 지르며 두 할머니 거느리며 살고 있다. 그 시중을 도맡아 작은할머니가 하고 있으니 심통도 부릴만하다. 옛날이나 가능하였지 지금 같으면 팔자 고치려고 벌써 도망갔을지도 모른다. 그러나 친인척도 없고 오갈 곳 없으니 어쩔 수 없이 그냥 붙어살고 있다.

자식 못난 탓으로 생선 장사를 한 지 얼추 이십 년 가까이 되는가보다. 작은할머니는 관절염 때문에 아픈 다리를 끌며 강화 화도에서 잡아 온 싱싱한 생선을 떼다가 고무다라에 놓고 그날그날 팔고 있다. 오늘 따라 빨갛게 알이 실한 암 꽃게가 많이 잡혀서 시세도 좋아 장사가 잘되었다. 하지만 뭐니 뭐니 해도 화도는 밴댕이로 소문이 나 있어 외지에서 몰려오는 손님들 때문에 늘 붐빈다.

4월, 5월쯤 고려산에 진달래가 불타는 것처럼 꽃게는 붉은 알이 산란 때라서 뱃바닥은 알이 꽉 차 있고 이때는 밴댕이도 제철이다. 밴댕이 길이가 15센티미터 쯤 되고 얼핏 보면 전어와 비슷하지만 배가 은백색이다. 뱃바닥이 납작하고 속 창자가 없어 제 성질을 못 이겨 잡히자마자 죽어버려 살아있는 밴댕이 보기가 힘들다. 오죽하면 생각이 좁고 마음 씀씀이가 얕은 사람을 가리켜 밴댕이 소갈머리 같다고 할까.

밴댕이는 석쇠에 올려 소금을 솔솔 뿌려 구워먹기도 하고 싱싱할 때 뼈를 발라내어 어슷어슷 썰어 날 회로 먹으면 고소하며 달다. 또 젓갈로 담아서 잘 삭으면 쭉쭉 찢어 풋고추 넣고 갖은 양념으로 무쳐 여름 반찬으로 찬밥에 물 말아 먹어도 좋다. 조기젓 못지않게 저장음식으로 그만이다. 그래서 늘 서울에서 가까운 거리에 있는 강화 화도에는 밴댕이를 찾는 이들이 많다.

밴댕이는 사소한 일에도 잘 토라지고 삐지기 잘하는 할아버지를 닮았다. 하루에도 몇 번씩 죽 끓듯 변덕부리고 이해심이라고는 손톱만큼도 없는 할아버지를 두 할머니가 비위를 맞추며 수십 년 살았다. 밴댕이 소갈딱지 같은 영감이라고 중얼거린다. 작은할머니는 소싯적 아이를 못 낳는다고 구박도 많이 받고 매도 시도 때도 없이 맞았다. 그 후유증인지 요즘에는 온 삭신이 쑤시고 건강이 안 좋다. 그래도 화도에 가서 배에서 갓 잡은 생선을 받아다 팔고 있지만 그 일도 힘들어 했다.

오늘은 날씨도 맑고 파도도 잔잔해서 작은할머니는 이른 새벽부터 서둘러 배 들어오기를 기다리고 있다. 사리 때라서 고기가 많이 잡혀 어선들은 만선으로 들어 왔다. 할머니 얼굴도 활짝 피었다. 어판장으로 사람들이 몰려든다. 여기저기서 왁자지껄한 소리가 비릿한 냄새와 범벅되어 흥겨운 노랫가락이 울려 퍼지는 듯하다.

서해 강화 화도에 지는 낙조가 아름다운 물결 위로 금빛으로 쏟아지고 있다. 저녁노을에 등이 휠 것 같은 할머니는 고단한 삶 때문이 아니라 스스로 팔자라며 저무는 황혼 빛에 동화되어 기어코 한 줄기 눈물을 삼켜 내고야 말았다.

그나마 오늘은 장사가 잘되어 신바람 난 할머니는 집으로 돌아가는 발걸음이 가볍다. 새벽부터 온종일 힘들게 번 돈이 꼬깃꼬깃 비린 냄새와 설움으로 뒤엉켜있지만 병석에 앓아누운 큰할머니가 좋아하는 과일이라도 살 수 있고 평생 사랑스런 눈길 한 번도 안 주었던 소갈머리 없는 할아버지 막걸리라도 받아 줄 수 있어 다행스럽다고 한다.

고된 생활 속에 자식도 없이 의지하고 살아온 두 할머니는 눈빛만 쳐다봐도 다 안다는 듯이 깊은 정이 쌓였다. 끝까지 내치지 않고 한 가정의 꼿꼿한 지아비 자리를 지켜준 소갈머리 없는 할아버지도 곁에서 외롭지 않게 오래 살기를 바라는 할머니의 주름진 얼굴에 야윈 미소가 가득하다.

토렴하다

며칠 전부터 강한 빗줄기가 퍼붓더니 오랜만에 햇볕 구경을 한다. 날이 궂어서 집안 구석구석 습도가 많아 축축하고 어깨도 몸도 무겁고 나태해진 기분을 어떻게 할까 하다가 그전에 몇 번 가보았던 나주곰탕이 생각나서 머리도 식힐 겸 남편과 함께 나주에 갔다. 물론 곰탕이나 설렁탕은 근처 잘하는 전문음식집에 가서 한 그릇 사서 먹어도 되겠지만 기분은 그렇지 않았다.

어려서 먹었던 맛을 왜 지금도 또렷이 잊지 못하고 가끔 그때를 떠올리는지 모르겠다. 나만 그러한가. 어머니도 늘 그 옛날 그 맛을 지금 맛 볼 수 없다고 자주 말했다. 나도 어느새 어머니 나이가 되고 보니 같은 음식이라도 맛과 느낌이 장소에 따라 달라지고 있다.

어릴 적 영등포에서 살았던 나는 참기름을 짜러 간다든지 고추를 빻기 위해 자주 어머니 손을 잡고 영등포 시장엘 갔다. 영보극장 뒤쪽으로 쭉 가다보면 노점상이 많았는데 그중 멸치다시국물로 만든 잔치국수라든가 국밥집이 서너 집 있었다. 대소쿠리에 삶은 국수를 손으로 건져 소를 만들어 돌돌 말아 얹어 놓아 꼭 수국꽃이 한 다발 피어있는 것처럼 보였다.

국밥집 아줌마는 뚝배기에 밥 한 덩이 담아 고기 한줌 넣고 가마솥에서 펄펄 끓는 고기 국물을 국자로 떠서 더 뜨겁게 여러 번 토렴하여 손님에게 내놓는다. 한 겨울 허기에 지친 노점상들은 뜨거운 국밥 한 그릇을 먹으며 몸을 녹인다.

어린 눈에 뚝배기에 국물을 넣었다 부었다 하는 모습을 보고 혹시 뜨거운 국물에 손이 데이지 않을까 걱정도 하였지만 손에 익은 솜씨로 잽싸게 움직이는 것이 신기하게 비쳤다. 흔히 가정에서는 그냥 국을 끓여 대접에 퍼 먹으면 되지만 한 여름이라도 국은 뜨겁게 토렴하여 먹는다. 어머니 손잡고 시장통에서 보았던 기억 때문만은 아닐 것이다.

모르는 사람은 굳이 곰탕 한 그릇 먹으러 나주까지 가냐고 하겠지만 내 생각은 좀 달랐다. 오래전 남도여행을 하면서 나주에 갔었는데 그때 배꽃이 한참이었다. 수천 년 역사의 목사골 배꽃이 필 때의 아름다움이란 이루 표현할 수 없었다. 마치 소복이 내려앉은 설경을 보듯, 봄날 흰 호청을 드리운 듯 하얀 배꽃을 바라보고 있으면 도시에서 퇴색되어가는 내 마음이 깨끗해지는 기분이다.

뿐만 아니라 출출한 배를 채워준 나주곰탕이 있기 때문이라고 말하고 싶다. 나주에 가면 유명세를 탄 곰탕집이 많이 있다. 조선 세종 때, 5일장이 나주에서 처음 시작 되었다는 기록이 있으며 영산포를 통해 나주장터로 사람들이 몰려들어 북적거리고 나주평야라는 곡창지대가 있어 벼농사의 중심이다 보니 소도 많이 키웠고 그 덕분으로 곰탕을 즐겨 먹었다고 한다.

특히 내가 찾아가는 곰탕집은 맑은 국물에 양지, 사태, 목살을 넣어 푹 고아 끓이는데다 적당히 익은 깍두기 한 점 베어 먹으면 기가 막힌다. 대형 가마솥에서 펄펄 끓는 곰국도 꼭 토렴해서 내

놓는다. 어릴 적 영등포시장통 생각도 나고 어머니 모습도 떠올라 나주에 가고 싶은 것이다.

날씨가 궂은 날이면 어머니는 가마솥에 장작불을 지펴서 소머리를 집어넣고 푹 고아 곰탕을 만들어 자식들에게 먹이는 수고를 마다하지 않았다. 땀을 많이 흘리는 여름에는 이열치열, 뜨거운 곰탕 한 뚝배기 먹고 나면 기운이 솟아났다. 또 삶은 소머리 고기는 살을 발라내어 베보자기에 넣고 꾹 싸서 맷돌로 눌러 놓았다가 육편으로 만들어 얇게 썰어서 초간장에 찍어 먹으면 기막히게 맛있었다. 지금은 파는 곳도 드물고 집에서는 만들어 먹지도 못하여 안타까울 뿐이다.

눈 깜짝할 사이에 시대는 변해가고 사람의 입맛도 변해간다. 아예 전통음식은 가정에서 할 엄두도 못 내고 필요한 만큼 인터넷으로 주문 배달하는 문화가 형성된 사회에 살고 있지만 그래도 나주에 가면 5대, 6대째로 이어온 곰탕집이 있어 토렴하여 준 곰탕을 먹고 온다. 사라지는 음식, 잊혀져가는 순 우리말 하나라도 꺼내어 깊이를 알아내서 이웃도 남 보듯 하는 때에 따뜻한 마음, 선한 눈빛으로 여러 번 토렴하듯 정이 오간다면 좋겠다.

요즘처럼 살기 좋은 세상, 버튼 하나로 해결되는 만능시대가 옛것을 잊게 만든다. 찬밥 한 덩이를 국밥에 말아 토렴하기는커녕 식은 찬밥도 볼 수 없이 전자보온밥솥에서 데워지고 있다. 그러나 편리한 만큼 쉽게, 빨리 해결해 버리는 세상 풍토가 입맛을 변하게 만들어 늘 마음은 허공에 내리는 빗소리만큼 습습하다.

윤영자 | 2012년『문학이후』등단. ku-ku2@hanmail.net

수필 | 이연숙

간수 빼기

소금 자루가 터졌다. 작년 가을 올케언니와 함께 제일 좋다는 신안 안면도 천일염을 사왔다. 소금을 자루째 사온 것은 처음이라 보관하는데 서툴렀다. 간수를 빼야 한다고 하여 붉은 벽돌을 몇 장 쌓고 그 위에 올려놓았다. 소금 자루가 있는 베란다는 동남쪽을 향하고 있어서 햇볕이 강한 편이다.

여름 내내 자루는 눈물 같은 간수를 빼냈다. 벽돌 위는 석회물이 흘러넘친 것처럼 자국이 생겼다. 재작년 김장 때 간수를 빼지 않은 소금을 사용했다가 김치가 쓰고 물러서 제대로 먹지 못했기 때문에 작정하고 사다 놓은 것이다.

간수는 통풍이 잘되는 그늘에서 빼야 한다는 것을 몰랐다. 햇볕 잘 드는 곳이면 좋은 줄 알고 베란다에서도 가장 햇살이 강한 곳에 놓아두었는데 오늘 아침 퍽 하는 소리와 함께 자루가 터졌다. 간수가 어느 정도 빠진 소금이 낱알처럼 흩어졌다.

살짝 금이 간 항아리에 소금을 쓸어 담았다. 매실을 담았다가 작은 틈이 생겨 쓸모없어진 항아리와 간수 빠진 소금의 궁합이 그런대로 잘 맞는다.

만남도 그렇다. 인연은 우연하게 찾아온다. 가끔 들르는 골목 끝에 위치한 뜨개질 가게에서 그녀를 만났다. 미스코리아 선발

대회에 나가도 손색이 없을 만한 미모여서 눈에 확 뜨였다. 반듯한 성품을 가지고 있을 것 같은 하얀 치아가 유독 인상적이었다. 부산서 오래 살다 서울로 이사를 온 나에게 그녀가 길잡이를 했다.

콩 한 쪽을 나눠 먹는 것은 물론이고 어디를 가든 그림자처럼 붙어 다녔다. 친구는 닮아 간다고 했던가. 내가 따라 했는지 그녀가 나를 따라 한 것인지는 모르겠으나 우리의 옷차림이 비슷해지기 시작했다. 사람들은 그런 우리를 자매냐고 묻기도 했다. 나는 혹시라도 내가 그녀보다 나이가 많아 보인다고 할까 봐 걱정되기도 했다.

인디언 속담에 '친구란 내 등의 짐을 대신 지고 가는 사람'이라고 한다. 나는 진정한 친구가 되기 위해서, 아니 우아하고 예쁜 그녀와 비슷해지기 위해 노력했다. 아내의 외모가 남달랐기 때문인지 그녀의 남편은 집착이 심했다. 하루가 멀다고 손찌검이 날아왔다. 새벽바람을 가르며 달려가면 그녀의 손목에 하얀 붕대가 감겨 있던 적이 여러 번이었다.

애호박 낯빛처럼 반짝이던 그녀는 처마 밑에 매달아 놓은 시래기처럼 시들어갔다. 뜨거운 햇볕을 참지 못하는 소금 자루처럼 시나브로 삭아갔다. 그녀는 마른나무였다. 사람의 인연이 늘 좋기만 하다면 얼마나 좋을까. 그녀 남편으로부터 욕설 섞인 문자가 날아왔다. 친구인 나를 만나 수천만 원의 돈을 탕진했다고 한다.

옛말에 얼굴값 한다고 그녀는 남편의 집착에 반격이라도 하려는 듯 다른 남자를 만났고 돈도 펑펑 쓰고 다녔던 모양이다. 그리고 그런 일이 나 때문에 생겼다고 변명을 한 것이다. 집을 나가면서 모든 책임을 나에게 떠넘기며 벗어나기 힘든 올가미를 씌웠다. 나는 졸지에 알지도 못하는 일에 공범자가 되었다.

한여름 장맛비에 젖은 바짓단이 엉겨돌듯이 숨을 조여 왔다. 떼어내려고 손을 내밀수록 더 축축하게 달라붙었다. 급기야는 내 가족에게까지 문자 폭탄이 쏟아졌다. 그녀의 짐이 내게로 온 것이다. 그녀가 몰고 온 파장은 길고 강했다.

우리 집은 쑥대밭이 되었다. '친구는 그 나물에 그 밥'이 아니겠느냐고 남편은 나를 밀쳐냈다. 핑계가 되어버린 나의 말은 금이 간 항아리 속 매실 액처럼 틈새로 흘러나왔다. 설상가상 남편이 실직을 했다. 냉랭한 관계는 서릿바람처럼 차갑고 따가웠다.

한때 빳빳하게 곧추세웠던 남편 자존심이 곤두박질쳤다. 바닥이 보이질 않았다. 서로가 던진 날카로운 비수는 시간이 흐를수록 더 깊어만 갔다. 결국, 남편은 지인이 있는 먼 곳으로 가버렸다.

헤어짐은 새로운 시작의 꼭짓점이 되어 주었다. 남편과 나는 그녀의 그림자를 떨쳐내기까지 이 년여 시간이 필요했다. 가슴 속 응어리가 녹아 없어질 때까지 뜨겁게 싸웠다. 다시 시작하기 위해 먼저 전화번호를 바꾸었고 흔적을 지우듯이 오랫동안 사용하던 수첩도 없애버렸다.

여름내 소금은 현기증 나게 쏘아대는 햇볕을 잘 견뎌냈다. 간수가 한 방울씩 떨어지면서 소금 자루는 한 땀씩 시들었다. 아래에 받쳐놓은 고임돌도 푸석푸석해졌다. 흘러내린 간수 때문인지 벽돌이 부서졌다. 단단한 벽돌이 흩어지는 모습을 보니 간수가 가진 독성이 느껴졌다.

시간이 흐르면서 나와 남편의 기억 속 쓴맛도 빠져나갔다. 견딜 수 없이 힘들었던 날들 대신 함께해서 즐겁고 감사했던 일들이 떠올랐다. 서로에게 퍼부었던 독한 말들이 차츰 없어지고 모든 짐을 넘기고 간 친구의 얼굴도 앨범 속 사진처럼 선명해졌다.

어느 날 뜻하지 않게 만나게 된다면 어떻게 살았는지, 왜 그토록 힘들게 굴었는지 물어봐야겠다고 생각했다.

작년 가을 단풍은 절정이었다. 노랑 은행잎은 부챗살처럼 퍼진 햇살 아래 나풋나풋 떨어졌다. 붉은빛이 타올라 금방이라도 불이 붙을 것 같은 단풍은 떨치기 힘든 유혹이었다. 가족과 함께 나서는 나들잇길이 색색의 가을꽃들로 무지갯빛을 냈다.

여행길의 즐거움은 먹는 것을 빼놓을 수 없다. 큰 딸아이가 검색한 맛집은 외형이 정갈하고 깨끗했다. 음식은 맛과 더불어 눈으로도 먹어야 하는 게 맞는가보다. 주문하고 나니 시장기가 올라와 일각이 여삼추다.

먼 타지에서 만난 그녀는 뜻밖이었다. 홀연히 떠났던 그녀가 거기에 있었다. 겨우 떨쳐버렸다고 생각했는데 그렇지 못했던가 보다. 생각보다 편안해 보이는 모습에 걷잡을 수 없는 반감이 들었다. 왜 그랬니. 목구멍이 파르르 소리를 냈다.

수없이 되물었던 말 대신 나는 그녀의 손을 잡고 그간의 안부를 물었다. 그녀도 나만큼 힘든 시간을 보냈다고 한다. 맞잡은 손의 느낌이 따듯하다. 낮과 밤을 가리지 않고 울려대던 문자에 가슴 철렁하던 두려움 따위는 다 잊은 것처럼 환하게 웃어주었다. 이제 그녀도 나의 그림자를 떨쳐버릴 수 있겠지. 가지런한 치아는 여전히 눈부시다.

소금은 나쁜 기운을 쫓아내고 깨끗하게 만든다는 믿음이 있다. 어렸을 적 이가 아플 때는 잇몸에 문질러 통증을 가라앉혔다. 땀을 많이 흘렸을 때도 소금을 조금 먹으면 혈액이 매끄럽게 흐르게 된다. 간수를 빼는 일은 길게는 몇 년씩 걸리기도 한다. 그녀와 나도 몇 년의 시간이 지났으니 이제 단맛만을 느껴야 할 때가 된 것 같다.

항아리 속 소금이 보송보송해졌다. 쓸모없으리라 여겼던 항아리의 마법 같은 변신이 눈부시다. 벌어진 틈새로 바람이 넘나든다. 숨 쉬는 항아리다. 한번 간수가 빠진 소금은 진물이 흐르지 않고 홍역이 지나간 흔적만 남았다.

곧 김장철이 돌아올 것이다. 겨우내 입맛 지켜줄 맛난 김치를 담글 생각이다, 간수 빠진 소금을 넣어 제 맛이 나게 백김치를 담그고 칼칼한 맛의 갓김치도 담글 것이다.

사람 사이의 맛도 간수가 빠져야 하나보다. 그녀는 우리 차가 보이지 않을 때까지 흐릿한 모습으로 오래도록 서 있었다.

진통제

하루해가 짧아진 다리를 산허리에 걸쳤다. 시들은 저녁 바람이 앓는 소리를 냈다. 쇠죽을 끓이는 무쇠솥 아래서 가을걷이 끝난 콩대가 타닥타닥 타들어 갔다. 시나브로 내리던 눈발의 입김이 하얗게 쏟아질 즈음 어슴푸레 어둠이 마루 위로 올라왔다.

아랫목에 밥상이 차려지고 '밥 먹어.'하는 엄마 목소리가 들렸다. 아궁이 앞에서 꾸벅꾸벅 졸고 있던 나는 자리를 털고 일어났다. 입 짧은 딸내미 위해 맛있는 반찬 하나 만들어주면 좋으련만, 오늘도 여전히 저녁상에는 설익은 김치와 고추장이 전부다.

찌그러진 양푼을 화롯불에 얹고 쌀밥과 고추장을 넣어 비빈다. 얇게 펴진 밥알이 타다닥 달아오르면 살짝 눌어붙은 누룽지를 긁어먹었다. 아무것도 넣지 않은 고추장 비빔밥은 뜨거운 화롯불의 열기 때문인지 구수하니 맛이 좋았다. 양푼 구멍 뚫리겠다는 핀잔이 몇 번 떨어지고 나서야 나는 누룽지 긁던 손을 멈췄다.

이가 살살 아프기 시작했다. 딱딱한 누룽지 밥알이 썩은 이 어딘가에 박혔던 것 같다. 굵은 소금을 손가락에 얹어 이 가까이 대고 가볍게 문질렀다. 마찰로 불순물이 떨어져 나오는지 역한 냄새가 소금물에 묻어나온다. 여러 번 입안을 헹궈 짠맛을 뱉어냈다. 이가 아플 때는 치약보다 왕소금이 역시 최고인가 보다.

욱신거리던 이가 살살 가라앉았다.

아랫집에 얼굴이 까만 아주머니가 시집을 왔다. 앞니 두 개가 유난히 큰 데다 웃을 때 보이는 입 모양이 토끼와 흡사해서 토깽이라는 별명이 생겼다. 아랫집 아저씨는 언제부터였는지 모르지만 혼자 살고 있어 홀아비라고 불리었다. 엄마는 이제 아저씨 팔자가 피게 되었다고 했다. 나는 아저씨 팔자가 어떻게 핀다는 것인지 궁금했다.

오지 마을은 집집이 돌아가며 2년씩 약방을 맡았다. 약방이라고 해봐야 감기약과 피로회복제, 반창고 등이고 이 아픈 사람들에게 꼭 필요한 진통제가 전부였다. 볼품없는 간이 약방이지만 아침저녁 두 번의 버스만 다니는 마을에서 약방은 꺼지면 안 되는 작은 불빛이었다.

우리 집이 약방을 맡았던 날은 겨울을 알리는 눈발이 천천히 내렸다. 저녁 무렵 아랫집 아주머니가 올라왔다. 머리가 아프다고 하면서 감기약을 찾았다. 티브이에서도 광고하던 디판토였다. 물약으로 된 작은 병을 한 번에 꿀꺽 마셨다.

그 후로 아주머니는 하루에도 몇 번씩 드나들었다. 아침 식사 후 소화가 되질 않는다고 디판토를 마시고 한 두 시간 지나면 또 다시 와서 햇볕 때문에 머리가 아프다며 디판토를 마셨다. 열 개씩 가지런히 담긴 상자 속 디판토는 대부분 하루 만에 토깽이 아주머니 입으로 들어갔다. 아주머니는 다른 집이 약방을 할 때도 디판토를 입에 달고 살았다고 했다.

첫 결혼에서 소박을 맞은 후 다시 시집을 온 아주머니는 자녀를 낳지 못했다. 아저씨와의 사이에 아들이 생겨야 하는데 낳지 못하니 호강은 물 건너갔다고 엄마는 말했다. 아랫집은 비스듬히 상엿집과 마주했다. 울긋불긋 화려한 외형과 달리 주변은 늘 음산했다. 아주머니의 낯빛도 비슷하게 을씨년스러웠다. 봄이면 상엿집 주변에 달래가 무리를 지어 자랐지만, 동네 사람 누구도 캐가지 않았다.

본격적으로 겨울이 시작되었다. 내린 눈이 얼었다 풀리기를 반복하며 시골은 깊은 겨울잠에 빠졌다. 바람이 쇠스랑 긁는 소리를 내던 밤이었다. 토깽이 아주머니는 새벽같이 와서 디판토를 찾았다. 얼굴에 멍 자국이 있었지만, 새벽녘이고 아직 잠이 덜 깨었던 나는 아주머니의 넋 빠진 얼굴을 자세히 보지 못했다. 마당은 밤에 내린 비가 얼어 미끄러웠다.

울음을 터트릴 것 같았던 하늘이 대낮부터 심술을 부렸다. 아버지는 고무래로 눈을 밀어냈고 나는 고무래가 지나간 자리를 싸리비로 쓸었다. 치우고 돌아서면 또다시 하얗게 쌓여가는 눈방울은 저녁이 되어서도 그치지 않았다.

칼바람이 문틈으로 새어들었다. 또다시 이가 아프기 시작했다. 온몸으로 진저리를 치며 앓는 소리를 냈지만 누구 하나 아는 체를 하지 않았다. 나는 눈 내리는 마당으로 뛰쳐나갔다. 차가운 눈을 뭉쳐 볼에 대어 보지만 통증은 좀처럼 가라앉지 않는다. 상처를 낼 것만 같은 차가운 바람이 앞마당을 휘몰아쳤다.

낮부터 내린 눈은 새벽까지 쏟아졌다. 고무래로 밀어낸 자리마다 새로 내린 눈발이 덮었다. 아버지는 한 사람 겨우 다닐 만큼의 길을 냈다. 아랫집 아주머니가 디판토를 사러 올라오는 길이 수월하겠구나 생각했다. 하지만 그날 아침, 토깽이 아주머니는 올라오지 않았다.

눈이 그치자 동장군이 찾아왔다. 찬바람이 살갗에 박혀 찌릿찌

릿 아팠고 얼어붙은 눈밭에 무릎이 푹푹 빠졌다. 사람들은 하필이면 눈보라 치는 밤에 길을 나설 게 무엇이냐고 떠들었다. 어린 마음에 나는, 말없이 떠난 그녀를 이해하지 못했고 그녀의 외로움을 알지 못했다. 디판토로도 해결되지 못한 아주머니의 통증은 무엇이었을까.

"어디가 아픈데?"

엄마는 방문을 열어젖히고 물었다. 나는 눈물 콧물 범벅이 되었다. 아프다는 말에도 모른 척하던 엄마가 미웠지만 그 말 한마디에 어금니의 통증이 아주 작아졌다. 엄마의 말소리에 잠깐 멈춘 것인지 신기하게도 아프다는 생각이 들지 않았다. 엄마는 두 팔을 벌려 나를 안았다.

내 치통은 멈추었다. 하지만 아주머니는 며칠이 지나도 나타나지 않았다. 마을 사람들이 아랫마을까지 눈길을 헤치고 찾아 나섰다. 밤새 내린 눈 때문에 갈곳 없는 아주머니가 산속을 헤매다 얼어 죽었을지도 모른다고 했다. 미친 듯이 휘몰아치는 눈보라도 막지 못한 아주머니의 슬픔은 어떤 것이었을까. 습관처럼 디판토를 찾은 아주머니의 아픔이, 사람들 말처럼 아저씨 한 사람의 무관심만이 이유였을까.

어른이 된 나는 또 다른 통증에 시달린다. 이유 없이 팔다리가 아프고 어깨에 돌덩이를 얹은 것처럼 뻐근하다. 손가락이 부러졌거나 어깨에 금이 간 것이라면 병원에 가 치료를 하겠지만 그런 것이 아니기에 통증은 기분 나쁘게 스멀거린다.

아프다는 말을 입에 달고 사니 가족들도 내 아픔을 모른다. 앓는 소리를 들어도 듣는 둥 만 둥 한다. 토깽이 아주머니처럼 나도 진통제를 찾기 시작했다. 붙이기만 하면 열이 나는 핫팩이 그

것이다. 얇은 속옷 위에 붙여두면 12시간 열을 낸다. 통증을 가라앉히는 효능이 있는지 확인되지 않았지만 나는 습관처럼 핫팩을 붙인다.

내가 가장 외로울 때는 몸이 아프거나 마음에 상처를 입었을 때다. 엄마가 건네 오던 말 한마디를 딸아이가 받았다.

"엄마, 많이 아파!"

아이의 말이 핫팩보다 몇 배 강한 열을 냈다. 아프지만 순식간에 미소가 찾아든다. 아픔이 봄 눈 녹듯이 사라진다. 그러고 보면 관심은 핫팩이고 디판토다.

우연히 토깽이 아주머니를 만난다면 나는 어떤 인사를 할까? 지금부터 생각해 볼 일이다.

이연숙 | 2012년 『문학이후』 등단. dus6763@hanmail.net

수필 | 임명숙

굄돌

흔들거리는 빨래 건조대. 카드 포인트 점수에 맞는 물건이 그동안 필요했던 빨래 건조대와 딱 맞아떨어져 신청하게 되었다. 그런데 생각보다 튼튼하지가 못했다. 밑에 달려있는 네 개의 바퀴 하나가 이 빠진 것처럼 빠져있는 상태다. 지나가던 아들의 발에 차였는데 다행히 발가락은 멀쩡하고 한 쪽 바퀴가 빠져버렸다. 어떻게 끼울 방법도 없어 밑에 고여 놓은 상태이다. 빨래를 널 때 좌우 평형을 맞추며 널기도 하고 빠진 바퀴를 잘 맞추어 한 번 더 괴기도 한다.

장롱을 놓거나 책장을 놓을 때, 바닥이 편평하지 않은지 가끔 수평이 맞지 않을 때가 있다. 그럴 때는 수평을 맞추기 위해 종이를 접어서 구겨 넣기도 하고 기울어진 정도에 따라 벽돌 한 장이나 얇은 노트를 접어 괴기도 한다. 멀쩡하던 식탁다리 한 쪽이 부러져 이어붙일 수도 없을 때는 과감히 잘라서 앉은뱅이 식탁으로 사용하기도 하듯 수평을 맞추는 일은 필요한 일이다.

책장을 정리하다 한동안 찾아 헤매던 시집을 찾아냈다. 기형도 시인의 〈입속의 검은 잎〉이다. 언제 샀는지 정확하게 기억은 없다. 시집은 지나간 세월을 말하듯 누렇게 갱지 빛을 띠었지만 여전히 시어들은 살아있었다. 한때 나의 시름을 달래고 갇혀있는 시간의 답답함을 풀어주었던 책이었음을 안다. 책장을 넘기다보니 '또또복권' 3장이 책갈피에서 십만 원권 수표처럼 휘리릭 떨어진다. 추첨 일을 보니 1996년 4월 14일, 21일, 28일로 다첨식 주택복권이다. 1등이 1억5천만 원이라고 인쇄되어 있다. 그때나 지금이나 손에 쥐어보지 못한 큰돈이다.

이 시집도 아마 그즈음 구입했을 것이다. 한참 아이 둘을 키우며 집안일에 지쳐있던 그 시절 나의 모습이 떠오른다. 앳된 아가씨 시절의 모습을 사진으로 가끔 추억하던 시절이었다. 무뚝뚝한 남편은 매일 술로 늦고 주식투자로 나의 마음을 힘들게 했던 그즈음이었다. 다만 나는 어린 아이 둘을 키워야 했고, 힘들어도 견디어내야만 했던 시절이었다. 결혼을 하고 보니 그랬다. 힘들어도 혼자 감당해야 했고, 책임이라는 게 포기보다 무섭게 다가왔다. 감히 친정엄마에게 '나 힘들어'라고 말하면 안 되었고, 누구에게도 눈물을 보이며 하소연하기에는 자존심이 허락지 않았다. 울고 싶어도 '엄마'라는 이유로 눈물을 삼키고 내 안에 꼭꼭 감정을 숨기는 일이 나를 지탱해가는 힘인 줄 알았다.

그 당시 우연히 방문한 학습지 교사가 '웅진 씽크빅'을 홍보하러 왔었다. 잠깐 자리에 앉은 학습지 교사는 그만그만한 아이 둘을 보며 "아이들 보느라 힘드시죠? 한참 힘들 때네요."라는 말을 진심으로 건넸고, 나는 울컥 눈물이 흘렀다. 내 마음을 알아주고 쓸어주는 사람이 있다고 생각하니 참았던 눈물이 왈칵 쏟아진 것이다. 생전 처음 본 사람 앞에서 눈물을 보인 민망함에 결국 큰애 학습지를 신청했지만 그 당시 나의 마음은 살짝 손만 대어도 찢어지는 습자지 같았다. 마음도 힘들고 경제적으로도 힘든 때, 아마도 아이를 둘러업고 시장가는 길에 큰마음 먹고 복권을 샀을 것이다. 복권 3장 값으로 6000원을 꺼내며 어떤 꿈을 꾸었을지 나는 알 수 있다. 결국 처음이자 마지막으로 산 복권은 아끼는 시집 속에 수장되듯 이렇게 끼워져 있었다.

결혼이라는 것이 생각했던 것과는 달랐기에 처음에는 많이 힘들었다. 남편은 아이와 가정을 돌보는 일은 모두 나에게만 떠맡겼기에 온전히 혼자서만 감당해야 했고, 적은 월급에 씀씀이가 헤픈 남편의 카드빚은 좀처럼 줄어들지 않았다. 예전 환하게 웃던 얼굴은 차츰 생기를 잃어갔고 고달픈 결혼생활은 표정에서 그대로 드러났다. 가끔 보는 친정엄마는 아이들 키우느라 힘들어서 그러려니 했다. 사실 애들 키우는 일은 힘들어도 참을만했으나 나의 마음을 헤아릴 줄 모르는 남편이 변화하려고 노력하지 않아 더 힘들었다.

마음이 그렇게 힘들고 삐걱거릴 때 복권을 사는 마음으로 한 번씩 지갑을 여는 경우가 있다. 온전히 나 자신을 위해서. 한 푼이 아쉬운 때, 기형도 시집도 지갑에서 마지막 지폐였는지도 모를 3000원을 꺼내어 계산했을 것이다. 아이를 둘러업고 또 한 아이는 손잡고 걸어서 찾아간 책방에서 나는 행복했다. 아이들 그림책을 사고 싶지만 삐걱거리는 내 마음에 굄돌 같은 게 간절했기에 그때만큼은 욕심을 내었다.

마음이 휘청거리고 수평을 찾지 못하고 흔들릴 때 한 권씩 샀었던 시집이 풀지 못한 실밥처럼 상처를 안고 나의 책장에 꽂혀 있다. 아이들 낮잠 잘 때나 늦은 시각 집으로 돌아오지 않는 남편을 기다릴 때 책장을 넘기며 마음을 다독였다. 모든 것 다 버리고 훌쩍 떠나고픈 마음도 다독이고 죽도록 미워했던 남편도 이해하려 애쓰고, 시집을 보다가도 내일 아침에 먹을 국을 늦은 시각에 끓이기도 했다. 그렇게 부대끼는 시간 속에서 셋째도 임신하게 되어 더 힘든 시간을 보내야만 했지만 식탁에는 언제나 힘이 되어주는 시집 한 권이 있었다.

내게 주어진 시간의 길이만큼 굄돌도 달라지긴 했다. 아이들 어릴 땐 시집을, 아이들이 미술학원도 가고 유치원도 갈 즈음에는 수필집을, 아이들이 중학생이 되고 고등학생이 되었을 때는 다소 긴 소설책을 읽으며 나를 붙들어 매었다. 움직이지 않게 흔들리지 않게. 아이들 보면서 짬짬이 시간이 나면 들춰보던 시집은 기어 다니던 자신을 직립하도록 힘을 주기도 했다. 진흙덩어리처럼 웅어리진 체로 버려진 내 감정들을 조금씩 결을 찾게 도움을 주었다. 지금도 나의 굄돌이 되는, 아픈 옛날 사 모았던 시집들을 하나씩 꺼내본다. 내일은 이생진의 『그리운 바다 성산포』를 꺼내 읽어봐야겠다. 마음의 수평을 찾게 도움을 준 굄돌들은 나이가 들수록 두꺼워지는 아이러니다. 지금도 나는 힘든 시간을 보내고 있다는 이야기이기도 하다. 언제나 삶이 편안해질까.

다대기

칼국수나 설렁탕 등을 먹을 때 칼칼한 맛을 돋우고자 넣는 양념을 흔히 다대기라고 한다. 양념의 하나로 끓는 간장이나 소금물에 마늘 생강 따위를 다져 넣고 고춧가루를 뿌려 끓인 다음 기름을 쳐서 볶은 것으로 얼큰한 맛을 내는데 쓴다.

음식 먹을 때 다대기 역할은 의외로 크다. 냉면을 먹을 때나 순댓국을 먹을 때 다대기를 넣은 것과 넣지 않은 것의 맛 차이는 크다. 담백하고 밋밋한 맛을 맛깔스러운 맛으로 바꾸는 마법의 양념이다. 우리 민족 특성상 얼큰하고 칼칼한 맛을 좋아하고 이런 음식을 먹은 후에 뭔가 먹은 것 같다는 표현이 나오기에 다대기는 중요하다. 매스컴을 타는 유명한 맛집을 보면 다대기에 특별한 비법들을 가지고 있기도 하다.

음식 먹을 때 개인 취향에 따라 다대기 넣는 양이 달라지기는 하지만 적당량을 넣었을 때만 '맛깔스럽다'라는 표현을 끌어낼 수 있다. 예전에는 그저 맵기만 하다고 느껴 넣지 않았던 다대기를 나이가 들면서 그 칼칼한 맛이 주는 위로를 알게 되었다. 다대기에 꼭 들어가는 고추의 매운맛은 막힌 속을 뚫어주기도 한다. 땀을 흘리며 칼칼하고 얼큰한 국물을 먹고 나면 우울했던 기분도 잠시 잊고 가벼워지는 이유가 고추에 있는 캡사이신 성분 때문이라는 것도 알고 있다. 캅사이신은 진통제 역할과 스트레스해소 효과도 있음을 익히 알고 있다.

흔히 알고 있는 매운맛은 맛이 아니라 혀의 감각기관을 통해 느껴지는 통증이라고 한다. 맵고 얼큰한 맛이 아파서 느껴지는 통증일 뿐이라니. 가끔 속이 시끄럽고 머릿속에서 종이 구기는 소리가 날 때 혀가 얼얼할 정도로 매운 닭발을 비닐장갑을 끼고 꼭꼭 씹어 먹는다. 코끝이 맹맹하고 으슬으슬 몸살기가 느껴질 때는 얼큰한 짬뽕을 배달해서 땀을 흘리며 먹고 나면 말짱 해진다. 마음속에 우울이 넘쳐나 힘들어질 때도 홀로 신라면 한 그릇 비우고 나면 한껏 울고 난 것처럼 속이 후련해지기도 한다. 통증은 통증으로 다스리는 처방이다. 심한 복통을 앓고 있을 때 가벼운 생채기의 통증은 잊어지듯 눈은 눈으로 이는 이로 다루는 처방이다. 아픔을 아픔으로 다루는 극약 처방이다.

다대기도 만든 후 양념이 서로 어우러지고 스며드는 시간이 필요하다. 고추의 매운맛이 다른 양념들 속에서 풀어지고 녹아드는 시간이 지나야 숙성된 맛을 낼 수 있다. 여러 맛이 어우러졌기에 다대기의 맛은 오묘하다. 짠맛, 단맛, 매운맛, 고소한 맛, 새콤한 맛들이 어우러져 새로운 맛을 만들어 낸다.

나 또한 살아오면서 여러 상황들에 맞닥뜨리면서 포기도 하고 상처도 받고 숨고 싶은 일들도 많았다. 그런 일들을 흐르는 시간 속에서 지나가는 바람처럼 보내고 나니 어느덧 조금 더 성숙한 인간이 되어 있었다. 그런데 신기하게도 힘든 일이 있을 때마다 뜨끈하고 얼큰한 국물을 권하며 숟가락을 건네는 누군가가 꼭 있었던 것 같다.

거제도에서 신혼살림을 꾸리고 첫아이가 7개월쯤 되었을 때

일이다. 바다를 끼고 있어 안개도 자주 끼었고 그날도 예외 없이 밤안개가 자욱했다. 남편은 첫 아이를 낳고나니 중고차라도 한 대 사야겠다고 했다. 나 또한 아기 병원갈 일에 한 번씩 유모차에 나들이도 해야 할 것 같아 중고차를 사게 되었다. 남편은 그날도 그 중고차로 출근을 했고 늦은 시각까지 초인종은 울리지 않았다. 전날 밤 꿈자리가 어지러워 나는 아이가 잘못될까봐 아이만 들여다보고 있었지 남편은 크게 걱정하지 않았다. 아이가 큰 수술을 한 적이 있어 또 탈이 나는 건 아닌지 그렇게만 생각했던 것이다. 아이에게 젖을 물리고 눈길은 밤안개 자욱한 베란다를 보고 있는데 전화벨이 울렸다. 전화를 받는데 남편 회사 동료라면서 잠깐 머뭇거리더니 '옥포대우병원'으로 오라고 한다. 남편이 교통사고가 나서 병원에 있다며 말끝을 흐린다. 정신없이 전화를 끊고 아이를 둘러업었다. 택시를 탔는데 그때부터 몸이 신 내린 사람처럼 떨려오기 시작했다. 몸이 추운 것 같기도 하고 두려워 떠는 것 같기도 하면서 혼미해지기까지 했다. 등에 업힌 아이 울음소리에 정신을 차리고 응급실을 더듬더듬 찾아 들어가니 회사 동료 몇이 와 있었다.

남편은 보이지 않았다. 차는 반 토막이 날 정도로 큰 사고였지만 다행히 많이 다치지 않았다며 남편 침상을 가리킨다. 부들부들 떨리는 다리로 다가가니 얼굴과 온 몸에는 피가 얼룩졌고 눈부위는 부어올라 다른 사람처럼 보였다. 의사는 다행스럽게도 크게 다친 곳이 없다고 말해주었다. 남편은 실눈을 뜨고 나의 손을 잡아주며 걱정 말라고 하는데 내려앉은 가슴은 여전히 떨려왔다. 앞가슴 쪽은 불어난 젖이 계속 흘러내려 옷 앞섶을 뜨겁게 적시고 있었지만 우는 아이에게 젖을 물릴 정신이 아니었다. 그

날 저녁 나의 옷 앞섶이 젖으로 얼룩지듯 병원 침대에 누워있는 남편의 얼굴은 한동안 나의 기억 저편에 공포로 얼룩져 있었다.

남편은 몇 가지 검사를 하고 며칠 후 퇴원을 했지만 온몸을 떨어대던 그 두려움은 아직도 내 몸 어느 세포 속에 아직도 희미하게 남아있다. 사택에 소문이 퍼지고 놀랐을 나를 위해 몇몇 분이 전화도 해주고 음식도 보내오기도 했다. 그중에 얼큰한 해물탕을 손수 끓여 들고 온 언니가 있었다. 그날따라 아이는 일찍 잠들었고, 남편과 나는 수건으로 땀을 닦아가며 깨끗하게 해물탕 그릇을 비우고는 죽은 듯 잠든 적이 있다. 모든 마음고생이 녹아 없어지듯 몸에 힘이 빠지고 깊은 늪 속으로 빠지는 것처럼 잠들었다. 매운 해물탕으로 남편은 상처의 통증을 잊을 수 있었고 나는 정신적으로 조금씩 가벼워졌다. 시간이 흐르니 남편의 얼굴도 부기가 빠지고 상처에는 딱지가 앉기 시작했다.

이렇듯 몸과 마음이 아플 때마다 누군가 건네주는 얼큰한 국물 한 그릇에 치유가 되기도 하고 스스로 매운맛을 찾아가 먹기도 한다. 신체의 통증을 잊기 위해 또는 보이지 않는 마음의 상처를 치료하기 위해 매운맛은 처방전 없이 먹는 약이다.

어느 날, 얼큰한 맛이 당긴다면 다대기를 듬뿍 넣은 순댓국이나 칼국수라도 먹어주어야 할 것이다. 공복에 복용해야 하며 하루 일회 처방이 기본이나 정도에 따라 횟수는 더해질 것이다.

다대기는 의사의 처방전처럼 주방장의 레시피로 완성된 치료제이다.

비의 계절

멀리서 검은 구름이 몰려온다. 스산한 바람도 인다. 하늘을 날던 새들도 바쁘게 각자의 둥지로 찾아든다. 아파트 여기저기 창문을 닫는 소리가 들린다. 길 위의 사람들 발걸음도 빨라진다. 시장의 좌판들도 오늘은 일찍이 물건을 거두어들인다. 비가 시작될 거라는 예보가 있었기에 행인들 손에는 간간이 우산이 들려 있다. 비를 막아줄 우산. 손에 쥐어진 우산 때문인지 우산을 든 그들은 조금은 느긋하다. 발 빠른 상인은 우산을 잔뜩 들고 지하철 출구 쪽에 자리를 잡는다. 이내 하늘의 검은 구름은 머리 위로 옮겨졌고 굵은 빗방울이 세차게 머리 위를 내리친다. 들고 있는 우산이 휘청할 정도로 비는 세차게 내린다. 장마가 시작되고 한여름 더위는 한풀 꺾였다. 몇 주간 비는 계속될 것이다. 비의 계절 동안 한동안 빗속에 갇혀 지낼지도 모른다. 먼지를 날리며 일하던 공사장의 인부들도 잠시 일손을 멈추기도 하고 들판의 농부들도 집안에서 다른 일거리를 찾아 들기도 할 것이다. 들녘의 초록의 벼는 내리치는 비로 파도를 그리며 몸을 뒤채면, 시골은 적막해진다. 비는 대지의 열기를 식히고 우리의 체온도 내리고 말수를 줄여 침묵하게도 한다.

가끔 햇볕 쨍쨍한 날에도 비가 그리워 녹음된 빗소리를 듣곤

한다. 후두둑 떨어지는 빗소리는 때론 박수소리처럼 들리기도 하고 나뭇잎 스치는 소리 같기도 하고 프라이팬에 기름이 튀는 소리 같기도 하다. 천둥소리와 대지에 내리는 빗소리는 이내 마음을 차분히 가라앉힌다. 세차게 내리는 빗소리는 그렇게 고요함을 만들어주기도 한다. 내 몸에서 물기가 스며들 것 같은 빗소리, 체온을 내리지만 가슴은 뜨겁게 하여 그리움을 당기기도 한다. 비는 술을 부르기도 하고 뜨거운 카페인을 찾게도 한다. 비는 이른 귀가를 재촉하기도 하지만 어둑한 주점에서 밤을 지새우게도 한다.

비의 계절에 가끔 생각나는 사람이 있다. 언제나 그녀의 기일은 장마 기간이었고, 유독 그날은 비가 더 세차게 내렸다. 아마도 젊은 나이에 세상을 떠나서 이렇게 빗속에서 슬픔을 말하고 있는지도 모를 일이다. 어린 아이들을 두고 암으로 세상을 떠난 작은 체구의 친구는 비의 계절에 떠났고 비의 계절에 나를 부르기도 한다. 그래도 시간은 흘러 비 내리는 날보다 햇볕 드는 날이 더 많아 남겨진 아이들은 무럭무럭 자랐고, 생각도 드문드문해졌다. 해마다 나의 달력엔 찾아가지는 않지만 그녀의 기일이 6월 말에 메모되어 있다. 비는 언제나 그녀를 부르고 있다.

설레는 마음을 안고 소개팅 자리에 온 한 남자. 그러나 상대방 여성이 썩 마음에 들지 않았고 의례적인 몇 마디의 대화로 식탁 위의 커피를 마시며 여자에게 무심하게 굴었다. 그날도 여지없이 실망한 마음을 안고 집에 일찍 들어가야겠다 생각했다. 그런데 카페를 나서는데 소나기가 내리기 시작했다. 맞선 본 여자는 당황해하고 남자는 가방 깊숙이 항상 넣고 다녔던 삼단우산을 꺼내어 지하철 입구까지만 데려다주기로 마음먹고 길을 나섰다.

그런데 옆에 붙어선 그녀의 팔이 남자의 팔뚝에 살짝살짝 스치는 느낌이 싫지만은 않았다. 함께 우산을 쓰기는 했지만 우산을 들지 않은 쪽의 반팔 셔츠는 젖었고 여자의 얇은 블라우스는 이미 젖어 여자의 몸에 착 감겨 있어, 추워 보이는 그녀를 그냥 보내기가 그랬다. 그래서 말도 없이 지하철로 향하던 발길을 돌려 근처 자주 가던 주점으로 향했다. 빗소리를 들으며 작은 주점에서 먹은 동동주는 둘 사이를 당겨주었고 체온을 올려 주었고 그녀의 웃을 때 반달 눈매와 입가의 보조개가 눈에 들어오기 시작했다. 누군가 사랑고백을 하려면 감성이 돋는 비오는 날 하라는 말은 일리가 있다.

함께 쓰는 우산은 비를 피할 수는 있지만 옷이 젖는 것을 피할 수는 없다. 그래도 혼자가 아니라 함께이기에 그리고 나만 옷이 젖는 것이 아니기에, 어쩜 우산이 나 쪽으로 더 많이 기울어 있을지도 모르기에 함께 비오는 길을 걷는다. 사는 것도 이와 같으리라. 일상 안에서 날씨처럼 내일을 예보할 수 있다면 우리는 우산을 준비하기도 하고, 모자를 준비하기도 하겠지만 한 치 앞도 모르는 일상을 살아가고 있다. 때로는 천둥이 치기도 하고 우박이 떨어지기도 한다. 갑자기 내리는 비는 가방 깊숙이 넣어 두었던 삼단우산 같은 것이 있다면야 정말 다행이겠지만 그저 비를 맞는 수밖에 별 도리가 없다. 그러나 그 순간에 가진 우산이 찢어지고 연약한 비닐우산이지만 함께 쓰자고 손 내미는 이가 있다면 바로 가족이 아닐까. 남편이기도 하고 아내이기도 하고 자식이기도 한, 동행을 자처하는 가족.

아이들 어릴 적, 돈에 맞추어 집을 구하느라 길 가의 아파트에서 생활한 적이 있다. 대로변 길가의 아파트에 앉아 있으면 언제나 비오는 소리로 귀가 쟁쟁했다. 여름밤, 창을 열어놓은 내 방에는 언제나 비가 내렸다. 달리는 차의 소음이 빗소리를 닮아 있어 일 년 열두 달이 우기처럼 느껴졌다. 늦게 귀가하는 남편과의 잦은 싸움과 육아로 힘든 시간들에 지쳐가고 있었고, 귀에 언제나 쟁쟁하던 빗소리는 나를 우울하게 만들었다. 다행히 몇 년 후 이사를 하게 되어 귀에 쟁쟁하던 빗소리는 잊게 되었지만 한동안 빗소리만 들으면 그 시절이 떠올라 기분이 우울해지고 몸은 쇠락해가는 시골집처럼 힘이 빠지곤 했다.

이제는 녹음된 빗소리를 일부러 듣고 위로를 받기도 한다. 살이 짱짱하고 버튼 하나로 자동으로 쫙 펴지는 멋진 우산은 아니지만 늘 아이들과 나에게로 기울어진 우산을 들고 빗속을 거니는 남편이 있기에 오늘도 빗속을 걸어 나간다. 나보다 더 많이 세상의 비를 맞으며 한 쪽 옷이 흠뻑 젖는 일을 자처하는 한 사람으로 인해 비의 계절을 견딘다.

임명숙 | 2007년 『한국수필』 등단. 수필집 『바람의 냄새』
green2977@hanmail.net

수필 | 장미영

3월은 잔인한 달

엘리어트가 말했다지요. 4월은 잔인한 달이라구요. 이 말을 생각하며 희미하게 웃어봅니다. 저에게는 4월이 아니라 지난 3월이 잔인한 달이었으니까요. 정확히 저한테는 말이죠.

어느 날 새벽 화장실에 들어앉아 있는데 똑똑 물 떨어지는 소리가 들리더군요. 사방을 다 살펴봐도 물 떨어지는 곳은 없는데 소리는 너무 선명하게 들려오네요. 그 날 부터였을까요. 평소 무신경한 내가 자꾸 물소리에 신경이 쓰이게 된 것은요. 화장실에서는 밤이고 낮이고 하루 종일 물 떨어지는 소리가 들리고, 궁리 끝에 새벽 늘어진 잠을 질질 끌고 일어나 화장실에 쪼그려 앉아 있었지요. 소리는 세면기 벽 속 배관에서 뚜벅뚜벅 걸어 나오더군요. 마치 벽 속 어디쯤에서 내게 모스 부호를 찍듯.

이튿날 퇴근 한 남편을 붙잡고 고치자 했더니 계량기도 돌아가지 않는데 굳이 고칠 필요가 있냐고 핀잔을 주네요. 아마 공동배관인 것 같다고. 맙소사, 저 벽은 우리 벽이고 소리가 들린다는 것은 물이 샌다는 것인데 그럼 당연 우리가 고쳐야지 강 건너 불구경 하고 있다 일이 더 커지면 어떻게 하느냐고 엄포를 놓아도 꿈쩍을 하지 않네요. 강한 게 먹히지 않으면 약하게, 남편을 살살 달래봅니다. 살짝 넘어간 남편이 설비 아저씨를 부르네요.

그러나 쾌재를 부른 것도 잠시 마치 돌팔이 의사가 시술하듯 얼토당토않게 애꿎은 욕조를 뜯어내야 된다는 등 공사가 커지겠다는 등, 벽 속 배관에서 소리가 들린다는 집주인의 말은 콧방귀로 여기네요. 딱 봐도 이건 아닙니다. 우리 집 화장실을 놓고 한몫 챙기자는 심산이 그냥 봐도 보이는 돌팔이 아저씨네요. 화장실은 부르는 게 값인가 봅니다.

두 번째로 방문한 설비 아저씨는 그래도 주인 말에 귀를 기울여 주네요. 조금 신뢰가 갑니다. 그런데 불행히도 본인은 지금 일이 밀려 아무래도 달을 넘어가야 시공을 할 수 있겠다 하시네요. 마냥 기다리기엔 너무 먼 시간입니다.

두 분의 기사님이 다녀가고 이제 물 얘기만 나와도 남편과 나는 가시 돋친 고슴도치가 되어 서로를 찌르려고 하는군요. 눈에 보이지도 않을 뿐더러 계량기도 돌아가지 않고 하물며 물세도 그대로 나오는데 굳이 고치려 안달한다고 야단입니다. 그래서 입을 그저 꾹 다물었는데 아무래도 소리가 자꾸 거슬리네요.

그런데 이게 웬일인가요. 화장실은 둘째 치고 잘 살고 있던 컴퓨터가 먹통이 됐네요. 전원을 누르니 스크린이 파란 물처럼 떠오르네요. 그 속에 물고기 같은 글자는 찾을 수가 없고 내 마음에 물이 새 듯 온통 파랑입니다. 며칠 컴퓨터를 어르고 달래다 지쳐 스마트폰으로 알아보니 블루스크린이라네요. 블루스크린은 고치기가 힘들어 기사를 통해 고치는 것이 좋겠다는군요. 화면은 파란색인데 제 마음은 자꾸 흑색이 되어갑니다. 결국 마지못해 부른 컴퓨터 기사님이 훌렁 본체를 안고 가더니 저녁나절 씩씩한 모습으로 돌아오네요. 푸른 바다에서 물고기가 뛰어 놀 듯 사라졌던 글씨들이 펄떡펄떡 물방울을 튕기며 뛰어오르네요. 물

고기 건져 올리는데 거금 15만원이 날아갔습니다. 그래도 좋은 세상이네요. 돈이면 다 아냐? 하는 어느 드라마 대사가 생각나는군요.

겨우 죽었던 컴퓨터를 살려내 고이 재운 그날 밤, 아직 끝나지 않은 소리가 제 머리를 지끈지끈 아프게 하는군요. 똑, 똑, 똑. 거금 쓴 날을 피해 참고 참다 며칠이 지나 남편에게 애원을 했죠. 화장실 물 떨어지는 소리 때문에 머리가 아프다 못해 살이 내리는 것 같으니 돈이 문제가 아니라 사랑하는 아내 살리는 셈 치고 고치자고 말입니다. 다행히 그 날은 남편 심사가 좋았나 보네요. 당신이 정 그러면 이 달 가기 전에 꼭 고쳐주마 약속 아닌 약속을 하네요. 그 날 밤엔 선물 받은 어린아이처럼 오랜만에 해맑게 잠이 들었습니다.

그런데 일주일이 지나도 약속이 지켜질 기미가 안 보이네요. 이제 물소리는 똑똑 소리를 지나 쉑 소리를 내며 샙니다. 아마 배관이 더 많이 뚫린 것 같네요. 남편한테 소리가 달라졌다 얘길 하니 전에 한 약속은 생각도 안 난다는 듯이 태도가 바뀝니다. 그래, 참을 인 세 번이면 살인도 면한다 하는 마음으로 궁리 끝에 남편을 끌고 술집으로 갔네요. 술을 술술 넘기니까 남편이 술술 제 말에 고개를 끄덕이네요.

그런데 세상사는 일은 참 희한하기도 하죠. 집으로 돌아오니 우리 집 대문에 쪽지가 하나 꽂혀 있네요. 계량기가 고장 났으니 빨리 교체하시라는 관리소아저씨의 말씀이 들어있네요. 평시 같으면 달갑지 않을 쪽지가 그렇게 기쁠 수도 있을까 하겠지만 그 날 제게 그 쪽지는 구세주였습니다. 투덜대며 남편이 관리소아저씨에게 바로 전화를 하네요. 낡은 계량기가 실려 나가고 늠름

한 계량기가 성큼 자리를 잡고 앉자 급기야 화장실로 화제가 옮겨지고 드디어 내 생각은 적중했습니다. 남편이 아차 싶었는지 급해지기 시작했네요.

세 번째로 온 설비 아저씨는 말이 많았습니다. 그래도 심성은 좋아보였는데 일하는 내내 미치겠다 미치겠다 노래를 하시네요. 아마 본인이 작사 작곡한 곡인가 봅니다. 아저씨는 미치겠다를 서른 번쯤 말했을 때 소리를 꽉 잡아버렸네요. 역시 내가 예상했던 대로 바로 그 지점에서, 벽 속 배관이 뚫려 어린아이 오줌 싸듯 쉑 물이 뻗치고 있네요. 하루가 꼬박 걸려 배관을 바꾸고 공사가 끝났습니다. 이번엔 거금이라고 말하고 싶지 않네요. 일금 25만원이 훌쩍 날아갔습니다.

컴퓨터도 살리고 소리도 잡고 옷에 묻은 먼지를 털어내듯 산뜻한 하루가 갔네요. 고작 그 하루가 지났을 뿐입니다. 어느 집에서 부부 싸움을 하다 텔레비전이라도 던진 줄 알았네요. 쿵하는 소리가 들려 그게 설마 우리 집이라고는 상상도 못했는데 화장실에 들어갔던 아이가 나올 생각을 안 하네요. 순간 아차 싶어 화장실 문을 열어보니 아이가 떨어지는 세면기를 붙잡고 낑낑대고 서 있더군요. 다행히 아주 다행히 세면기가 깨지지는 않았습니다. 저녁 무렵 고픈 배를 안고 더 늦으면 못 들을까봐 미치겠다 아저씨를 급히 불렀네요. 이번에는 미치겠다를 세 번쯤 들었을 때 일이 마무리 됐네요. 떨어진 세면기 다시 붙잡아 매는데 5만원이 날개를 달고 날아갔습니다.

다 고쳐 놨는데도 이제는 믿을 놈이 없군요. 멀쩡한 집 안을 괜스레 휘휘 둘러봅니다. 화장실을 열어보고 컴퓨터를 다시 작동해 봐도 영 미심쩍네요. 기분이 썩 좋지 않습니다. 한편 부아도 치미네요. 몇 년에 한번 있을까 말까 한 일이 며칠 사이에 연장 생기면 딱 이런 기분일겁니다. 엘리어트에게 말했지요. 당신이 쓴 시는 엉텅리라구요. 잔인한 달은 4월이 아니라 바로 3월이라구 말이에요. 무심한 엘리어트는 내 말을 들은 척도 하지 않는군요.

억울한 마음에 한숨을 푹푹 쉬며 친정엄마에게 기나긴 하소연을 제문 읽듯 읽어내려 갑니다. 그런데 가만 듣고만 있던 엄마의 한마디에 온통 구겨졌던 창호지가 주름 한 점 없이 펴지듯 모든 일이 편안히 자리를 잡아가는군요. 아니, 오히려 고맙다는 생각까지 들면서 절로 고개가 끄덕여집니다.

"애야, 집주인이 아플 거 그 집 세간이 대신 아파주는 거란다."

월정사, 전나무 숲을 걷다

오대산 월정사 전나무 숲을 걷는다. 부안 내소사, 광릉 국립수목원에 이어 우리나라 3대 전나무 길 중 하나인 길. 끝도 모르게 쭉쭉 뻗어 올린 나무가 다리 사이로 길을 내어준다. 그 경외스러움에 고개를 숙이고 한발 한발 내딛는다.

서른 발쯤 디뎠을까. 은근하게 나무가 숨을 내쉬는 게 느껴진다. 미약하나마 울림이 느껴지는 진하지 않은 나무의 향이 숨골을 지나 혈을 따라 손끝에 닿는다. 휘거나 흐트러짐 없이 버팀목처럼 굳게 서 있는 나무를 만져본다. 거칠한 느낌보다는 우직함이 느껴진다. 고요히 퍼져 내리는 는개가 어깨를 매만져 준다. 이런 날은 비가 내리는 것이 다행임을 느낀다.

아침, 오늘은 왠지 일어나기 힘들다는 아이에게 이제 그 나이면 너도 성인인데 스스로 해야 하는 것 아니냐며 싫은 소리를 했다. 대학에 들어가 처음으로 맞는 여름방학인데 아이는 놀 사이도 없이 학원에 수강신청을 했다. 그런 아이가 안쓰러우면서도 탐탁지 않았다. 좀 더 쉬운 길도 있는데 왜 하필 하는 생각에서였다.

에미를 넘기지 못한 작은 키로 제 몸만치 큰 가방을 양손에 들고 나가는 것을 보니 속이 상했다. 오늘부터는 학원 사물함에 물

품을 넣어 놓고 당장 소용되는 것들만 가지고 다니겠노라 하는 아이를 모른 척 한다.

예전 같으면 남편을 부랴부랴 재촉해 차라도 태워주라고 했겠지만 이제는 아이가 혼자 설 수 있게 그저 바라봐 줘야 한다는 것을 안다. 때로는 부모의 도움이 아이를 나약하게 만듦을 인정해야 할 때가 있다.

가방 속에는 겹겹이 크고 작은 흰색 수건이 들어 있다. 아이는 지금 피부 미용사 자격증을 취득하려고 수강 중이다. 메이크업 자격증을 따고 나름 요즘은 전문적인 직업이 유망직종이니 괜찮다고 스스로를 달래보지만 막상 힘들어 하는 아이를 보니 자꾸 외면하고 싶어진다. 아이의 꿈은 메이크업 아티스트다. 반은 자의에 의함이었을 테고 반은 되돌리기에는 너무 늦어버린 성적 때문에 얼마간은 마지못한 선택이었을 것이다.

아이에게 큰 기대를 하지는 않았다. 그저 건강하게만 자라준다면 족하다 생각했던 적이 있었다. 그러다 언제였던가. 아이가 올백을 맞았다고 아기 다람쥐처럼 초롱한 눈망울로 달려왔을 때, 그때부터 마음속에 쓸데없는 바람이 싹텄나 보다. 신기했다. 다른 아이들 다 다니는 학원도 보내지 않았는데, 겨우 해 준거라고는 집에서 엄마가 조금씩 가르쳐 준 것밖에 없던 아이였다. 아이를 학원에 보내지 않은 것은 아이는 아이다워야 한다는 생각과 어쩌면 넉넉지 않았던 살림 때문이었는지도 모른다. 언젠가 한번은 놀이터에 자기처럼 큰 아이는 없다고 심심해했다. 4학년짜리 아이는 놀이터에서 이미 어른이었다.

이후로도 아이는 혼자서 잘 해냈다. 크면서 아이는 스스로 학원을 선택했고 아이가 원할 때 해줄 수 있게 됨을 감사하게 생각했다. 그리고 아이에 대한 내 욕심도 조금씩 커져 갔다. 더 나은 성적을 위해 아이에게 하지 않던 재촉을 하게 되고 아이를 이해하기 보다는 내 욕심을 채우려 했다. 점점 칭찬하는 것에 인색해져 갔다.

거대한 전나무 숲이 세상을 향해 뿜어내는 피톤치드는 독이다. 숲에 들어가 삼림욕을 하면서 온몸으로 마시는 향기로운 나무의 향. 사람에게 더없이 맑은 공기를 선사하며 좋은 선물로 다가오는 피톤치드. 그러나 그것은 다른 식물에게는 피할 수 없는 독이다. 나무는 자기의 영역을 지키기 위해 피톤치드를 내뿜는다. 울창하게 우거진 전나무 숲에서 자라는 감나무는 애석하게도 온몸에 툭툭 불거진 혹을 달고 다른 곳의 감에 비해 절반 밖에 안 되는 감을 만든다. 아이를 향한 나의 부질없는 욕심이 아이에게 독이 되고 있다는 것을 알게 된 것은 시간이 많이 흐른 뒤였다.

아이가 하루가 다르게 달라지기 시작한 것은 늦게 찾아온 사춘기 때문이었을까. 아니면 엄마의 뜻하지 않은 재촉 때문이었을까. 그동안 썩이지 않던 속을 몽땅 썩이려는 듯 아이는 나를 힘들게 했다. 고입을 앞두고 쭉쭉 떨어지는 성적을 잡을 길이 없어졌다. 좋은 것보다 싫은 것이 더 많아지고, 웃는 날보다 화내는 날이 많아졌다.

어떻게 해야 아이가 다시 제자리로 돌아올지 난감했다. 아이에게 말해 주고 싶었다. 엄마도 너를 처음 키우는 것이라고. 그래서 이럴 때 어떻게 해야 좋은지 어른인 엄마도 잘 모르겠다고. 그러나 어떤 말로도 엇박자로 나간 박자를 쉽게 맞출 수 없었다. 우두커니 서서 기다릴 수밖에 없었다.

길게 늘어진 나무 사이로 고사되어 거죽만 남아 있는 쓸쓸한 전나무가 눈에 들어온다. 얼마나 오랜 시간을 버텨 왔으면 속이 텅 빈 채 거죽만 남았는가. 태양을 쫓아 나이테를 늘려가고 온몸으로 세상에 좋은 숨을 나눠주었을 나무의 죽음. 제 한 몸을 위해 살지는 않았을 것이다. 그렇다고 욕심을 부리지도 않았을 것이다. 고개를 들어 옆에 서 있는 푸른 전나무를 올려다본다. 끝없이 올라간 줄기 끝에는 뾰족한 잎이 달려 있었다는 것을 미처 몰랐다. 마음이 가시에 찔린 듯 뜨끔하다. 잊고 있었다.

스물넷, 이르면 이르다고 할 수 있는 나이. 뱃속의 아기는 너무도 작았다. 아기가 크지 않은 것이 내 탓인 냥 미안한 마음에 더 열심히 태담을 하고, 일기를 쓰고 좋은 생각을 하려 노력했다. 행여 아기가 잘못되면 어쩌나. 그러나 기우는 그대로 나타났다. 아이는 미숙아로 태어났다. 보통의 아기들이 한 달 안에 서서히 버리는 황달을 아기는 이겨내지 못하고 있었다. 황달 수치가 20이 넘으면 뇌성마비가 될 수 있다는 의사의 말에 아득해졌다. 아기의 수치는 19였다.

대학병원 인큐베이터는 만원이었다. 다른 병원을 알아보고 있는 사이에도 아기의 황달 수치는 계속 오르고 있었다. 수소문 끝에 어렵사리 구한 고려병원까지 달려가던 사십 분은 세상에 존재하지 않아야 할 시간이었다. 위급한 상황에 처해본 사람은 안다. 살면서 기억하고 싶지 않은 시간, 버리고 싶은 시간이 존재한다는 것을.

다행히 아이는 한 달 만에 퇴원을 했다. 미숙아라서 다른 아기보다 치료가 오래 걸렸다. 아기가 퇴원하면 먹이려고 그동안 젖을 말리지 않고 기다렸다. 젖이 불을까봐 미역국도 먹지 않았다. 몸조리를 해주던 어머니는 그런 딸이 안타까워 울고 나는 병원에 있는 아기 생각에 울었다. 몸 버릴까 젖을 말리라고 했지만 그럴 수가 없었다. 그러나 퇴원하던 날 의사는 아기에게 될 수 있으면 모유는 먹이지 않는 것이 좋다고 했다. 한달 동안 내가 겪은 수고스러움보다는 아기에게 모유조차 먹일 수 없는 것이 더 마음 아팠다.

그때 생각했다. 아이에게 많은 것을 바라지 않을 것이라고. 그저 건강하게 잘 자라만 준다면, 아니 살아있기만 한다면 더 바랄 것이 없겠다고. 그러나 그 마음을 잘 지켜 오던 내가 아이에게 욕심을 부리고 아이를 힘들게 재촉하고 있었던 것이다. 내가 조금만 더 조금만 더 재촉할 때 아이는 많이 힘들었을 것이다. 어쩌면 내가 재촉할수록 아이는 스스로 하는 법을 잊어버리고 있었는지도 모른다.

비우는 법도, 기다리는 법도 몰랐다. 어떤 것이 아이에게 좋은 것인지 그저 내 잣대로만 생각하려 했다. 아이가 내게 무수한 말을 했을 텐데 이미 욕심이라는 더께가 씌워진 내 눈에는 아무것도 보이지 않았다.

하늘에서 조용히 는개가 내린다. 잠시 내리는 는개에도 어깨가 젖어든다. 힘든 아이의 어깨를 다독여줄 사람은 그 누구도 아닌 바로 나였음을 깨닫는다. 엄마가 소망하는 대로 가지 않는다고 외면할 것이 아니라 아이가 등을 기대고 잠시라도 쉬어갈 수 있는 그런 나무가 바로 나여야 한다는 것을 깨닫는다.

속이 텅 빈 전나무가 쓸쓸해 보인다는 생각을 지운다. 나무는 제가 살아 있는 동안 제몫의 일을 너무도 잘하고 갔음을, 그리하여 고사한 나무에게서도 그윽한 향기가 남을 오늘에서야 느낀다.

쭉쭉 하늘을 타고 뻗어가는 전나무를 본다. 어린 나무였을 때는 그늘을 찾아 음지에서 자라다 때가 되면 태양을 따라 자라나는 전나무. 아이가 전나무처럼 크기를 바란다. 지금은 힘든 시간이 될지 모르지만 어느 날엔가는 세상을 향해 키를 쭉쭉 늘려 갈 것이다.

장미영 | 2012년 『문학이후』 등단. jmiy7187@hanmail.net

수필 | 조성희

보리

금메달을 목에 걸었다. 해가 보내는 구수한 미소를 받자 눈이 부시다. 멀리서 낮잠을 자고 있던 바람도 어느새 달려와 박수를 보낸다. 쏴—아악 함성 속에 일제히 거친 손을 흔들며 답례로 황금물결을 만든다. 마라톤 선수만큼이나 힘든 여정을 견뎌냈다. 동장군도 거뜬히 물리친 강인한 체력을 가졌지만 그 마음은 할머니처럼 온화하고 달짝지근한 식혜 맛이다. 누구나 좋아하는 기름진 땅과 따뜻한 계절을 양보하고 가장 낮은 자리에서도 불평 없이 살아가는 서민 같은 식물이다.

잠자고 있던, 육십이 년 만에 개방된 춘천 미군기지내에 서 있다. 요새로 입을 앙다물고 있던 문을 활짝 열었다. 바람마저도 기웃거렸던 곳이다. 먼지를 뒤집어쓰고 흉물스럽게 서있던 높다란 담장이 내려앉았다. 감기환자처럼 콜록대며 병색이 완연했던 풀과 나무들도 생기가 돌아 수런거린다. 드넓은 곳에 시민들을 위한 휴식 공간이 마련돼 있다. 한쪽에는 금가루를 뿌려 놓은 듯 보리가 익어가고 있다. 잠시 넋을 놓고 황금물결 속으로 빠져든다.

쌀이 귀하고 먹을거리가 부족했던 시절, 가난을 대표하던 음식이 보리밥이다. 지긋지긋한 가난 때문에 지금은 보리밥은커녕 보는 것조차 싫어하는 친구도 있다. 너나없이 배고파 눈물짓던

때였다. 보릿고개를 간신히 넘기고 나면 구세주처럼 나타나 자식들 배를 채워 준 것이 보리가 아니던가. 된장국에 보리밥 한 덩이 말아먹고 배를 불룩하게 내밀며 흡족한 미소도 짓게 해 주었다. 날이 새기도 전에 어둠을 뚫고 찬바람을 맞으며 일터로 향하는 우리들 아버지 같은 존재다. 만원 지하철에서 애써 졸음을 참으며 살아가는 이웃의 삶과 닮은꼴이다.

넉넉한 마음을 가진 시골아낙처럼 푹퍼진 보리밥을 좋아하는 남편 때문에 가끔 집에서 해먹는다. 각종 나물을 섞어서 비벼먹는 남편 얼굴이 보름달이 되는 날이다. 아들이 유치원 다닐 때 보리쌀을 벌레라고 울면서 골라내던 일도 단골 메뉴로 떠올리며 웃는다. 남편은 가난했던 기억을 떠올리며 먼 옛날 동화처럼 들려주기도 한다. 흑백 사진을 보듯 가슴 밑바닥에 앙금처럼 가라앉았던 일들을 들춰내는 묘한 매력도 지녔다.

보리는 벌레가 없는 엄동설한에 자라기 때문에 농약과 비료를 주지 않는다. 공해가 적은 곡식이다. 공해와 농약문제로 먹을거리가 위협받는 이 시대에 가장 필요하고 가까이 해야 하는 친구 같다. 이웃도, 사랑도, 배려도, 헌신도 없는 자기만 아는 세상 아닌가. 보리쌀을 가만히 들여다보면 반으로 나누어 있다. 나누며 살아가라는 보리가 보내는 무언의 부탁 같다. 온실 속에서 쉽게 빨리 자라는 채소는 영양도, 맛도, 향도 떨어지지 않던가. 혹독한 추위에도 스스로 살아가는 방법과 자신을 지키며 열매를 맺는 보리 같은 친구의 얼굴이 떠오른다.

해마다 무더위가 시작되기 전에 보리쌀을 보내주는 친구가 있다. 친구는 가난한 집 둘째 아들로 나와 초등학교를 같이 다녔다 나이는 두 살 위다. 겨우 초등학교만 졸업하고 시골에서 부모님을 도와 농사를 지으며 생활했다. 늘 웃는 아이, 친구들이 놀려도 헤벌쭉 웃기만 했다. 모두들 바보라고 놀리고, 부모님조차 무시하고 차별하고 병신이라고 매까지 맞으며 살았던 친구로 기억된다. 바보라 불렀던 철없던 내 모습도 스쳐 지나간다. 때 늦은 미안함일까. 얼굴이 홍당무가 된다. 쑥스러운 미소로 미안함을 슬쩍 덮어버린다.

청년이 되어서도 친구들은 모두 도회지로 나갔지만 그는 시골에 남아 살이 찢겨 나갈 듯한 강추위와 같은 부모님의 욕설을 들으며 살았다. 거기에다 동네 사람마저 모자란 놈이라는 말을 폭설처럼 퍼부어댔다. 언 땅을 뚫고 고개를 내민 파아란 보리새싹처럼. 그도 그렇게 추운 겨울을 가슴으로 삭이며 빙판길을 조심조심 자기방식으로 한 발짝씩 앞으로 나아가고 있었다. 겨우내 얼어서 들뜬 보리밭을 이른 봄에 꾹꾹 밟아 줘야 다시 땅에 뿌리를 내리고 튼실한 열매를 맺지 않던가. 친구도 분하고 억울한 감정을 수시로 밟아가며 가라 앉혔으리라.

보리처럼 온순한 성격 탓이었을까. 무시하고 험한 말을 들으면서도 화를 내지 않았다. 그저 묵묵히 미련할 정도로 소처럼 눈만 뜨면 일하는 일벌레로 소문이 났다. 농사도 남보다 잘 짓고 성실하게 살아갔다. 시간이 지나자 동네사람들도 그의 사람 됨됨이를 알아보게 되었다. 바보가 아니라는 것을. 요즘 사람처럼 영악하지 않고 욕심이 없을 뿐이었다. 그를 함부로 대하지 않고 서로 자기 집에 데려다 일을 시키려고 미리 부탁까지 하게 되었다. 화려함은 없어도 보리가 사람에게 이롭듯이 조금 어눌하고 때묻지 않은 선한 마음이 사람들을 변하게 만들었다. 그렇게 자기만의 황금 알곡을 맺어가고 있다.

바쁜 시대에 스트레스와 공해로 시달리는 현대인에게 보리는 피를 맑게 해주고 질병 치료에도 도움을 준다. 머리가 복잡할 때 친구를 만나면 시원한 계곡에 온 듯 머리가 맑아진다. 보리처럼 세련되지 못한 모습이지만 그와 있으면 시골 친정집에 온 듯 마음이 편안해 진다. 보리쌀을 물에 불려 싹을 틔운 후 햇살에 말린다. 그것을 성글게 갈아 만든 것이 엿기름이다. 거칠지만 자기를 녹여 달짝지근한 식혜를 만드는 엿기름 같은 친구다. 보리밥은 오래 씹을수록 구수한 맛이 더해진다. 거친 음식이 몸에 이롭다고 하지 않았는가.

혹독한 추위를 이겨낸 보리같이 친구도 이제는 행복한 한 가정의 가장으로 꿋꿋이 섰다. 배추, 감자, 고추농사를 짓고 부자소리 들으며 친구들의 부러움을 사고 있다. 보리쌀뿐만 아니라 가끔 채소도 보내주는 부모 같은 친구다. 동네 이장일도 보면서 말없이 일하는 순박한 이다. 바보라고 놀리던 어른들을 돌보며 동네를 지키는 장승을 닮았다. 가마솥 같은 무더운 여름날 일손을 멈추고 잠시 더위를 식혀 주는 느티나무 같은 존재다. 보리를 닮은 것이다. 가장 약한 사람들 곁에서 힘이 되어주고 있다. 속이 꽉 찬 보리이삭처럼 황금빛 얼굴로 쑥스러운 듯 힐쭉이 웃음을 지으며 그렇게 살아간다. 보리밥같이 추억과 건강을 선사하며 우리 곁에서 가장 소박하고 오달지게 살아가고 있다.

황금물결을 이룬 보리밭에 바람도 신이 나는지 연신 고랑사이를 뛰어다닌다. 바람의 손목을 잡고 고랑사이로 걸어간다. 손바닥으로 친구와 악수하듯 보리잎을 쓰다듬어 본다. 그의 굳은살처럼 꺼칠꺼칠 투박한 감촉이 내 손을 붙잡는다. 고랑 끝 저만치에 친구의 얼굴이 환하게 피어오른다. 보리밭 사이사이 많은 사람들 속에서 사진을 찍으며 그들과 하나 된 모습이 아른거린다. 구수한 행복이 영글어 간다. 보리밭 속에 있는 많은 사람들 목에도 금메달을 걸고 있는 듯 얼굴에서 누런빛이 반짝거린다.

바람결에 보리들이 사그락사그락 소리를 내며 춤을 춘다. 그 소리가 순박한 친구의 목소리가 되어 환청으로 길게 따라온다. 배 불리 보리밥을 먹고 나올 때처럼 얼굴에 함박꽃웃음이 피어난다.

중초사지 당간지주를 바라보며

눈이 시리도록 투명한 빛을 쏟아 붓는 가을하늘이 갓난아기의 눈동자를 닮았다. 환한 빛 뒤에 검은 그림자가 생긴 듯, 맑고 파아란 하늘을 보면 마음이 우울해지고 눈물이 흐른다.

나무들이 하나, 둘 색동옷을 갈아입을 때면 쭉정이처럼 공허하다. 거둘 것이 없을 때면 머리에도 허기가 진다. 먹구름 속에 숨어있는 태양 같다. 어지럽고 공허한 마음을 달래려고 안양예술공원으로 간다. 장승처럼 절터를 지키고 있는 중초사지 당간지주를 만나기 위해서다. 부산한 마음과 텅 빈 머리도 채울 겸 떠난 길이다.

뜨거운 열정을 거두지 못한 여름이 가을 눈치를 살피고 있다. 왁자한 행락객들의 들떠있는 목소리를 애써 막아본다. 둥둥 떠오르는 가랑잎 같은 가벼운 마음도 돌덩어리로 장아찌 누르듯 가라앉힌다. 귀를 활짝 열고 두 손을 모아 범종소리를 불러들인다. 행락객들의 소리만이 바람을 타고 날아다닌다. 주말이라 단풍구경 나온 많을 사람들의 마음도 억지로 잡아본다. 높이 솟은 중초사지 당간지주 앞에 무거운 마음을 펼쳐 놓는다. 따라 오던 햇살도 잠시 숨을 고르며 내려앉는다.

아무리 고개를 빼고 휘둘러보아도 산속도 아닌 이곳이 절터였으리라곤 상상이 되지 않는다. 헛헛한 마음으로 공장건물 한 쪽에 의연하게 서 있는 당간지주를 올려다본다. 종가가 망해도 향로, 향합은 남는다고 했던가. 화려하지도 그렇다고 잘 다듬어지지도 않았지만 단정하면서도 기품과 위용이 느껴지는 청빈한 스님을 만난 듯하다. 흙먼지 묻은 촌로처럼 수수한 모습으로 그렇게 터를 지키며 서 있다. 당간지주를 보니 아마도 꽤나 큰 절이었으리라 짐작이 간다. 대웅전은 어디쯤이었을까? 또 일주문은 이 자리였을까? 목을 빼고 눈을 바삐 돌려도 가늠할 수 없다.

옆에서 발굴작업이 한창이다. 여기저기에 석물들이 눈에 띈다. 아무렇게나 방치된 석물에 미안한 마음을 슬쩍 숨기며 옆으로 고개를 돌린다. 얌전히 숨을 죽이며 가을볕을 쬐고 있던 삼층석탑이 손길을 내민다. 부모 잃은 아이처럼 애처롭고 쓸쓸하다. 형제들의 분신을 끌어안고 당간지주와 벗하며 자기 집을 지키고 있는 것이 아닌가. 부부처럼 세상 풍파에도 아랑곳하지 않고 천 년 전의 일들을 증언하고 있지 않은가. 다행히 혼자가 아니어서 마음이 놓인다. 서로를 의지하며 잡아주고 오가는 사람들의 마음을 살피고 어루만지며 그렇게 긴 세월을 보냈으리라.

중초사지 당간지주는 보물4호이다. 당간지주는 많이 남아 있다. 섬세하게 조각을 했거나 화려한 것도 있지만, 당간지주에 명문이 새겨진 것은 이곳뿐이다. 그래서 보물이 되었다. 세워진 날짜와 중초사지라는 글자를 포함해 123자의 명문이 새겨져 있다. 추측하는 것이 아니라 이곳 당간지주는 정확한 주민등록증을 가지고 있는 것이다.

당은 깃발을, 간은 장대를 뜻한다. 절 입구에 당간지주를 세워서 절의 큰 행사나 스님이 돌아가셨을 때 깃발을 꽂아 알리는 용

도이다. 절을 드나드는 중생들의 모습과 사연을 가장 먼저 보고 듣고 알았을 것이다. 그들의 소원도 그들보다 먼저 달려가 부처님께 아뢰며 빌었을 것이다. 중생들의 복잡한 마음도 가장 먼저 붙잡아 다독였으리라. 그들의 오가는 발걸음을 넘어지지 않도록 등불 역할도 감당 했으리라. 비바람에 장대와 깃발이 꺾이거나 쓰러지지 않도록 지주역할을 했듯이, 흐트러진 사람들의 마음도 든든히 바로잡아 주었을 것이다.

육십을 갓 넘긴 당간지주 같은 집안 형님이 있다. 가난한 집안에서 살다가 열여덟에 시집을 왔다. 결혼을 하고도, 아이를 낳고도, 여전히 술독에 빠져 사는 남편을 지극히 감싸고 다독이며 지켜주었기에 지금은 소담한 들꽃처럼 살아가고 있다.

시골에 살면서 농사는 할 생각도 할 줄도 몰랐다. 읍내에 가면 이틀이고 삼일이고 술독에 빠져 지냈다. 겨울바람이 봄바람보고 춥다고 나무란다고 며칠 만에 와서는 살림을 못한다고 때리기까지 했다. 동네 어른들은 인간되기는 틀렸다고 더 나이 먹기 전에 팔자를 고치라고까지 했다. 그러나 형님은 그저 묵묵히 눈물을 삼키며 남편 옆에서 그늘을 만들어주는 나무로 서 있었다. 경찰서를 제 집 드나들 듯이 했다. 동네사람들조차 사람 취급을 하지 않았다. 그러나 형님은 무슨 배짱인지 그런 남편을 감싸고 뒤치다꺼리 하면서도 남편을 챙기며 아내의 자리를 지켰다. 산부처라는 별명까지 얻으면서 말이다.

그가 지금은 입버릇처럼 말한다. 아내가 자기를 버렸다면 지금은 감옥이나 이 세상 사람이 아니라고 한다. 아내라는 든든한 지주가 버티고 그를 잡아주었기에 지금은 남편으로 두 아이의 아버지요 할아버지라는 자리까지 든든히 지키고 있다. 당간지주처럼 형님도 남편의 지주가 되었던 것이다. 천년을 버티며 중초사지를 지키고 있는 당간지주같이 늘 그 자리에서 꿋꿋하게 한결같은 마음으로 넘어지려는 남편을 받쳐주며 바라봐 주었던 것이다. 얼굴에 벌겋게 핏대를 세우고 다니던 그가 이제는 하얀 미소를 짓고 있다.

모든 것이 바쁘게 돌아가는 세상이다. 이유 없이 허둥대며 복잡한 생각들이 바랭이 풀처럼 번져간다. 돈이 우선시되다보니 돈의 노예가 되어 끌려갈 때가 한 두 번이 아니다. 가지지 못한 것에 대한 분노, 짜증이 커져서 병까지 들게 만든다. 화를 이기지 못해 이웃까지 살해하는 소식을 종종 듣게 된다. 욕망을 잠재우지 못해 정당한 일이 아닌 것을 알면서도 그 길로 따라가 영원히 지울 수 없는 주홍글씨를 달게 되지 않던가.

현대를 살면서 마음의 중심을 잡기엔 유혹이 너무나 많다. 하지만 눈이 부시도록 파란 가을하늘을 단 일 분만이라도 쳐다 볼 수 있는 여유를 가진다면 어떨까. 남편이, 친구가, 이웃이 위로해 주지 않더라도 그것만으로도 내 마음을 진정시켜주고 잡아줄 지주가 되지 않을까. 돈 주고 못 살 것은 지개라는 속담이 있다. 지개를 가지고 있는 사람은 절대로 재물에 농락되지 않는 다는 뜻이다. 유혹이 많은 지금 우리들 마음속에 지주처럼 세워두면 어떨까.

따뜻한 가을햇살이 자리를 털고 일어난다. 찬바람이 그 자리를 대신해 당간지주 주위를 서성인다. 당간지주 꼭대기에 둥그런 해가 걸터앉는다. 바삐 돌아가는 행락객들의 발소리가 범종소리처럼 환청으로 들린다. 돌아오는 내 뒤를 당간지주 그림자가 길게 따라온다. 어지러운 마음을 당간지주 그림자에 꽁꽁 매달아

돌려보낸다. 그림자는 더 이상 따라 오지 않는다.

치마 가득 찬 공기를 싸 온 바람이 툭 던져 놓고 지나간다. 옷깃을 여미며 남편 손을 꼭 잡고 공원을 나온다. 살짝 어깨도 기대어본다. 편안하고 따뜻하다. 사부작사부작 돌아오는 발걸음 뒤에 어느새 둥그런 보름달이 걸려있다.

조성희 | 2012년『문학이후』등단. iambuti@hanmail.net

수필 | 조현숙

작달비

어릴 적 장마통에 돼지 한 마리 떠내려간 적 있다. 살갗이 따끔거릴 정도로 아픈 비가 밤새 내렸다. 낡은 우비 하나 걸치고 논으로 나갔던 부모님과 동네 어른들은 자꾸만 터지는 논둑 막기를 그만두고 망연히 하늘만 쳐다보았다. 싸릿가지만 한 빗줄기가 허술하게 박혀있던 나무 울타리를 뽑아버렸다. 목돈 마련의 종자인 돼지가 떠내려가는 것을 멀거니 서서 바라보던 아저씨 얼굴이 떠오른다.

올여름은 유난히 비가 많이 내린다. 단순히 지나가는 장마가 아니라 열대우기로 변한 것 같다고 근심들을 한다. 이슬비가 잦아지면 장대비가 내릴 수도 있을 것이란 생각을 해야 했다. 뒤늦게 대책을 마련하기 위해 우왕좌왕이다. 살면서 무방비로 당하는 것이 어디 날씨뿐인가. 모든 일에는 전조현상이 있기 마련이다.

며칠째 뉴스 첫머리를 장식하는 비 소식과 곳곳에서 일어나는 피해를 나와는 무관한 일로 여기며 보내고 있었다. 폭풍전야, 몰려오는 먹구름을 감지하지 못한 채 전화벨이 울리기만 기다렸다. 통장에 비가 새는 줄도 모르고 마냥 기다리고 있었다. 몇 날 며칠 억수 비에 이집 저집 하수도가 넘치고 허술한 제방 벽들이 무너졌다. 내 집은 안전하겠지. 우리 마을은 괜찮겠지. 믿고 있던 사람들의 등을 여지없어 쳐버린다. 농사를 망친 농부들의 그을린 주름과 터전 잃은 사람들의 눈물이 빗줄기보다 굵다.

말 그대로 난리가 났다. 난리 통에 내 돈을 포함해서 수억이 떠내려갔다. 연한 등심같이 입안에 착착 붙던 꽃돼지 언니가 일주일 전 한밤중에 곗돈을 들고 사라졌다. 넘치는 하수도에 오물이 쌓이듯이 이미 돈 뜯긴 사람들이 돼지우리로 시커멓게 모여드는 줄도 모르고 혼자 눈치 없이 북 치고 장구 치고 있었다.

연예인을 해도 좋을 것 같은 미모에 이물감 없이 상냥하던 언니다. 유독 엉덩이가 통통해서 별명을 꽃돼지로 지어 주었다. 이 사람 저 사람 알뜰살뜰 챙겨주고 한여름에는 시원한 생맥주 한잔 하자면서 아래윗집 불러내 수다꽃을 피울 수 있게끔 자리를 만들어 주기도 했다.

온몸이 물먹은 돼지처럼 무거워졌다. 한 달 후에 타는 오백만 원을 어디에 어떻게 쓸까 행복한 상상으로, 햇빛 구경 하기 힘든 장마철을 햇빛 같은 마음으로 기다리고 있었다. 더군다나 당신 쓰라며 남편이 선심을 보여준 알토란 목돈이다. 내게는 농부의 한 해 농사와 맞먹는 돈이다. 가까운 제 눈썹은 못 본다고 어리석은 돼지가 진주 목걸이 걸 생각에 짧은 목을 기린 목인 양 길게 빼고 있었던 꼴이다.

오늘은 고향의 수십 년 친구들이 우정이 아깝다며 그 집을 흔들어 놓고 간다. 오늘은 이 동네 십년지기 이웃들의 허탈감과 배신감으로 관리실이 들썩인다. 오늘은 저 건너 사는 아파트 사람들이 그 집 안방을 차지하고 앉아, 계를 두 계좌나 들었고 몇천만 원을 빌려 주었다고 울화통을 터뜨린다. 오늘은 사방에 사는 일가친척들의 혀 차는 소리가 보일러실 창문으로 새어 들어온다.

느닷없이 닥쳐온 장대비 쏟아붓는 일에 남아있는 식구들은 내일이 오는 것을 두려워한다. 며칠 새에 꽃돼지 남편 얼굴이 누렇게 떴다. 그래도 새끼 치고 살던 정이 목에 걸리나 보다. 가시 걸린 소리를 한다. 오죽하면 그 빗속에 돼지저금통까지 들고 나갔겠느냐고 열아홉에 큰아들 낳은 순정이라고 이게 무슨 일인지 모르겠다고. 그러면서 환갑 다 된 나이에 웅덩이에 빠진 자신도 생각해 달라며 눈물을 글썽인다.

한 달이 지나도록 집 나간 돼지에게서는 한 방울의 오줌 내도 풍겨오지 않는다. 오히려 지린내는 그 남편 어깨 위에서 모락모락 피어오른다. 밉기도 하고 안됐기도 하고 내 마음도 갈팡질팡하고 있다.

꽃돼지는 어디선가 또 억척스럽게 자신의 울타리를 세우고 먹잇감을 찾고 있을 것이라고 잡아서 싹을 잘라야 한다고 험한 소리를 질러대던 사람들도 지쳐간다. 그러고 보니 그 언니가 얌전한 듯하면서도 극성스러운 면이 있었던 것 같다.

우글거리던 꽃돼지 언니 집 주변이 잠잠해진다. 기세를 몰아치던 빗줄기도 잦아들고 여름이 물러날 준비를 한다. 예쁜 꽃돼지 언니는 여름내 땀 흘리며 가꿔놓은 농부의 고구마밭을 헤집어, 제 뱃속을 채워버린 멧돼지가 되어버렸다. 통째로 고구마밭 털린 속 쓰린 사람들만 발톱이 빠지도록 땅을 파고 있다.

도대체 그 많은 돈이 흘러간 곳에 누가 도사리고 있을까. 그동안의 행적과 평소의 차림새를 되짚어 본다. 분명 가까운 곳에 하수도오물 같은 사람이 있었을 것이라는 짐작을 해본다.

첫 아이 임신하고 꽃돼지 언니 남편은 사우디로 떠났다. 시어머니 무서워 남편 월급 천 원짜리 한 장도 만지지 못했다고 했다. 사우디서 돌아온 남편은 허구한 날 지방으로 다니고 시어머니는 여전히 살림을 틀어쥐었다. 그때 터진 둑일 것이다. 잘못 만난 하수도오물 같은 남자도 한몫했을 것이다.

죽이 됐든 밥이 됐든 진즉 남편에게 말을 해야 했다. 삼십 년 살아온 부부 정은 그래도 빈 통장 앞에 놓고 대출을 받아볼까 집을 팔아볼까 얼굴 맞대고 고민은 해주지 않았을까, 잃어버린 올 여름의 태양만큼이나 안타깝다.

따라주던 맥주는 거품이었어도 잔을 비우며 나누던 넋두리들은 진실이라고 믿는다. 혼자 닦달 거리고 있는 나를 고맙게도 남편이 시원스럽게 넘어가 준다.

비로 시작을 알리던 여름은 끝내 비로 인사하며 떠나간다. 사람의 부주의로 떠내려간 돼지는 튼튼하게 울타리를 고치고 남아있는 새끼돼지들을 잘 거두어 종잣돈이 되었지만 빗물을 이용해 도망간 못 된 돼지는 다시 잡아들인들 수확할 것이 없다.

작달비 같은 배신을 쏟아놓고 간 꽃돼지 언니도 지금쯤은 작달비 맞으며 아파하고 있을 것이라고 내 속을 달랜다. 변화하는 환경에 사람들이 극악해지는 것인지 사람들의 극한 행동들이 자연을 변이시키는 것인지 모르겠다. 떠나는 여름 끝에 연민으로 묶은 오백만 원이 대롱거린다.

다행이다

아무리 봐도 간장이 줄었다. 직접 담근 것이라 아껴가며 먹고 있는 간장이다. 병을 꺼내 들고 요리조리 살펴봐도 분명 간장이 줄어들었다. 집에서 간장을 쓰는 사람은 나밖에 없다. 혹시 딸들에게 냉장고에 있는 반찬 퍼다 줄 만 한 애인이라도 생긴 것일까.

출근 준비에 바쁜 딸들을 바라본다. 최근에 행동거지가 달라진 점이 있나 생각해본다. 별다른 변화를 느끼지 못한다. 자는 남편과 딸들 들으란 듯이 큰 소리로 간장이 줄어들었다고 중얼거린다. 메아리도 없다. 하기야 연애를 한들 남자 친구에게 음식도 아니고 보약도 아닌 간장을 퍼다 줄 일은 없을 것이고 잠귀는 밝지만 매사 한 걸음 늦은 것이 매력인 남편은 들어도 못들은 척 했을 것이다.

밥 먹고 양치질 안 한 것처럼 입맛이 찜찜하다. 더는 상상해 볼 건더기가 떠오르지 않는다. 점점 기능 떨어지는 내 세포 탓만 하다가 씁쓸한 마음으로 냉장고 문을 닫는다. 건망증일까. 치매일까. 양손으로 머리카락을 움켜쥐고 머릿살이 아프도록 흔들어 댄다.

밥을 다 먹도록 시무룩해 있는 내게 남편이 이유를 묻는다. 하루 말 세 마디기를 기념일 챙기듯이 하는 남편이 먼저 말을 꺼낸 것이다. 그것도 내 심정을 헤아리는 말을. 속사랑이 무게 있고 좋은 것이라는 남자들의 말을 이해 못 하는 것은 아니지만, 나이를 먹을수록 감춰진 속내 보다는 드러나는 가벼운 말 한마디가 듣고 싶다.

반가운 마음에 간장 이야기를 늘어놓는다. 그 간장 지난번 장조림 만들 때 한 컵 정도 썼다고 한마디 하고는 방으로 들어간다. 듣고도 못들은 척 했을 것이라던 내 생각이 맞아 떨어진 것이다. 식탁 치우는 것을 미루고 잠시 생각해 본다. 남편이 퇴근길에 고기를 사들고 와서 장조림을 했던 날을 기억해 본다. 이십여일이 지났다. 그렇다면 나는 이십 여일이 지나도록 간장이 필요한 맛깔스러운 반찬을 만들지 않았다는 것 아닌가.

심각한 내 건망증 증세가 아니라니 다행이다 싶으면서도 은근히 마음이 켕긴다. 할 줄 아는 것은 살림 사는 일밖에 없는 내가 요즘 살림을 곁불 쬐는 얌체처럼 하고 있다. 결혼 생활 삼십 년 중 이 십 오년을 식구들이 북적였다. 일 곱 식구 들고나는 시간이 따로따로이라 하루 밥상 다섯 번 차리기는 예사였다. 가난한 살림에 돼지고기 한 근사서 다섯 번 밥상에 골고루 분배해 놓기란 한 줌의 모래알을 세는 것처럼 어려웠다.

삼 년 전부터 단출해졌다. 켕기는 마음을 감추고 안방에 대고 소리를 친다. 아까 물어볼 때 대답하지 왜 이제 말을 하느냐고. 남편은 별로 중요한 일도 아닌데 뭘 그러냐는 식으로 쳐다본다. 남편의 입장에서는 그럴 것이다. 간장이 줄어든 것 때문에 당장 밥을 못 먹는 것도 아니고 좋아하는 소주 한 잔 마시는 데 지장 있는 것도 아닐 테니까. 아침부터 건망증에 날개를 달고 추락하던 내 심정은 모를 것이다. 매번 겪는 남편의 능청이 오늘따라

얄밉다.

요일을 착각했다든지. 식구들 생일을 깜빡했다든지. 시장가면서 적어놓은 쪽지는 두고 달랑 지갑만 들고 갔다든지. 하는 증상들과는 사뭇 다르다. 냉장고는 삼십 년 세월을 동고동락한 친구다. 야채칸의 채소는 시들도록 잊고 있을 때가 있다. 하지만 아직 소금 간장 참기름 정도의 기본양념 통들을 비우고 채우는 것은 기억의 눈금이 정확하다고 믿었던 터라 마음이 더 놀란 것이다.

남편은 장조림을 좋아한다. 아마 기다리다 못해 직접 해 먹겠다고 고기를 사왔으리라. 눈치 없이 맛있게 먹기만 했다. 그러고 보니 얼마 전부터 남편이 부엌을 드나든다. 냉장고 손잡이에 남편의 손자국이 새겨진다. 다행히 냉장고 속 요새를 못 본 척한다. 장조림 같은 시간이 흐른 뒤에 맛보는 남편의 장조림 맛은 풋사과처럼 상큼했다. 앞으로도 장조림은 남편이 하리라.

놀란 가슴 혼자 추스르며 식탁 정리를 한다. 지나친 비약일지 모르겠지만 고전영화 '가스등'을 떠올린다. 잉그리트 버그만이 몽롱한 표정으로 안개가 낀 골목의 가스등을 바라보던 장면이 기억난다. 여자의 재산을 노리고 접근한 남자가 결혼 후 가스등을 이용하여 서서히 아내를 정신병자로 몰아가는 내용이다. 흑백티브이 시절에 보았던 영화인데도 워낙 강한 인상을 남긴 영화라 생생한 장면들이 남아있다.

남편은 섬세한 성격이다. 좋음과 싫음은 상대방이 무안하리만치 당장 표시하는 사람이 자신과 무관하다 싶으면 비 그친 뒤에 우산 챙기는 사람처럼 대답하는 습성이 있다. 이런 성격이라면 충분히 냉장고에 가스등을 설치할 수 있지 않을까. 건망증인지 치매인지조차 헷갈리는 나 하나쯤 속이기는 더운 날 냉커피 한

잔 들이켜는 것만큼 쉽지 않을까. 한낮 불볕더위에 지친 소가 밤에 뜬 달을 보고 숨을 헐떡거린다더니 내가 그 짝이다.

설거지하는 동안 헛웃음이 난다. 유독 집안일 중 부엌 드나드는 일을 싫어하던 남편이 냉장고 문을 자주 여닫고 장조림을 만든다는 것은 좌우간 좋은 변화다. 어느 날 간장병이 통째로 없어진들 놀라지 않을 것이다. 가스레인지 위에 장조림 그릇이 놓여 있을 테니까.

처음부터 집안 살림에 내 것이라고 정해진 것은 없었다. 살다 보니 내 것처럼 여기고 익숙해졌을 뿐이다. 이제부터 집안 어느 곳 어떤 물건에도 나만의 것은 없기로 한다. 나만의 절대공간도 없는 것으로 한다.

내 속에 '나'만 무성해지는 것 같아 편치 않던 양심도 시원하게 풀어 버릴 수 있겠다. 행주를 팔팔 끓인다. 기대하는 마음으로 살아갈 것이다. 내 기억이 희미한 가스등처럼 되는 날이 오더라도, 손재주 좋은 남편이 새 전등으로 바꾸어 주어 환한 길을 걷게 해 줄 것이라고. 이래저래 다행이다.

조현숙 | 2012년『문학이후』등단. idoido2061@hanmail.net

수필 | 주영애

금오도와 보길도

동네 신협산악회는 해마다 여름이면 이웃 간의 친목을 위해 경치 좋고 시원한 섬을 찾는다. 올해는 아름다운 항구도시 여수 금오도로 1박 2일 동안 산행이 아닌 여행을 떠난다. 밤부터 초여름 비가 바람까지 몰고 가을철 건들장마처럼 오다말다 반복한다. 아직도 나이와 상관없이 여행은 늘 가슴 설레는 즐거움이다.

새벽부터 빗속을 달려온 버스가 여수에 도착했다. 작년 여름 여수세계박람회장 낯익은 건물들이 한눈에 들어온다. 아름답고 웅장한 그 모습 변함 없건만 한가하게 날비를 맞고 있다. 또한 국내외 관람객들의 사랑을 한 몸에 받았던 바다의 요정 Big o, 환상의 무지개처럼 밤하늘을 수놓던 여름밤의 그 함성 잊지 못해 외로운 등대처럼 무심한 바다만 바라본다.

옛 말에 들은 귀는 천 년이요, 말 한 입은 사흘이라 했던가. 순천에서 인물자랑 말고, 벌교에서 주먹자랑 말고, 여수에서 돈 자랑 말라고 하는 말이 있고 보면 호남지방의 내로라하는 부호들이 아마도 경치 좋은 여수에 다 모인 것 같다.

활짝 열린 바닷길, 수많은 자동차들이 물위의 소금쟁이처럼 나는 듯이 건너간다. 비 오는 날의 서정, 다닥다닥 시골마을 낯익은 풍경들이 고향에 돌아온 듯 지난날이 그리워진다. 길가 새빨

간 언덕배기 무성한 호박넝쿨 속에 흐드러지게 피어있는 호박꽃도 꽃이라고 벌, 나비들이 뻔질나게 들락거린다. 바로 옆엔 파르족족한 가지꽃이 시샘 많은 손윗동서 입술처럼 파르르 떨고 있다. 그러고 보니 여수지방 흙색깔은 칠팔월 한껏 벼슬 자랑하는 맨드라미꽃처럼 정열적인 적토가 대부분이다.

계속 쏟아지는 비 때문에 새벽에 출발하여 정오가 다 되어 여수 돌산한정식 앞에 버스가 멎는다. 음식점에서 사르르 풍겨오는 양념냄새가 갑자기 시장기를 자극한다. 전라도지방 음식 맛은 익히 아는 바지만 돌산지방의 손맛은 시장해서 입에 맞는 맛이 아니었다. 열서너 가지되는 반찬들이 입안에 살살 녹는다. 그 가운데 돌산갓김치와 오랜 시간 숙성되어 곰삭은 묵은지 특유의 감칠맛은 한국인의 미각이 아니고는 감히 느끼지 못 할 것이다.

다도해상국립공원 금오도 비령길 가는 여천여객터미널, 날씨 때문인지 생각보다 한산했다. 그런데 비바람은 점점 거세진다. 시간은 다 되었는데 출항이 불투명하다며 운전기사의 걱정이 태산 같다.

우여곡절 끝에 드디어 출항명령이 떨어졌다. 먼저 배 뒤꽁무니로 관광버스와 트럭, 승용차들이 줄줄이 들어간다. 사람보다 차를 더 많이 태우는 건 아닐까. 어느 틈에 객실 안엔 많은 승객들이 목침까지 베고 누어있다. 그런데 목적지까지 아무리 한 시간 거리도 안 된다지만, 객실 한쪽 구석엔 구명조끼들이 먼지만 뒤집어쓴 채 의붓자식처럼 눈총만 받고 있다. 세월호, 생각조차 하기 싫은 그 엄청난 인재人災를 겪은 지 얼마나 되었다고 너나 할 것 없이 아직도 설마 하는 안전 불감증은 여전했다.

흐리멍덩한 우중의 금오도 비령길을 굽이굽이 돌면서, 좁은 골짜기 사방을 둘러봐도 가파른 밭뙈기마다 농작물이라곤 하나도 없고 머위나물이 더러 보이고 방풍나물만 지천으로 널려있다. 문득 내 고향 황강 옆 개비리듬이 생각난다. 사람은 다닐 수가 없고 개나 다닌다는 뜻이다. 금오도 비령길 또한 같은 뜻이 아닐까?

일행은 일찌감치 숙소에 들었지만, 밤새도록 세찬 비바람 때문에 모두 단잠을 설쳤다. 날이 밝아도 비는 좀처럼 그치지 않는다. 아침식사를 하고 그래도 몇 사람은 우의로 완전무장을 하고는 비령길 따라 산행에 나선다. 남아있는 사람들은 꼼짝없이 차 안에 갇혀 무료하게 시간을 보내야 했다. 안산에 이사 와서 10여 년 동안 해마다 많은 섬을 여행했지만 이번처럼 비 때문에 발목을 잡히기는 처음이다.

설핏, 재작년 보길도 갔을 때의 아름다운 비경과 풍광들이 창밖의 빗줄기 속에 아른거린다. 그 당시 안내자 따라 세연정, 세연지가 있는 곳을 먼저 찾았다. 고산 윤선도의 고향 태고의 신비를 간직한 고요한 물결의 섬, 겹겹이 산과 물 그 속에 연화처럼 들어앉은 섬 보길도는 자연 그대로의 아름다운 정원을 이루고 있어 세인들은 그곳을 윤선도 원림이라 부른다.

해남의 만석꾼 집안에 태어난 윤선도는 당쟁에 휘말려서 낙향하여 고향에 있을 때, 병자호란이 일어났다. 고산은 임금을 돕기 위해 강화도로 가던 중 인조가 항복했다는 소식을 들었다. 울분을 참을 수 없어 세상을 등지고 초야에 묻히려고 제주도로 떠나던 중, 풍랑을 만나 정착한 섬이 보길도였다고 한다.

자연을 최대한 살린 세연지 계담溪潭에 일곱 개의 바위가 있다.

그 중, 커다란 황소가 힘차게 뛰어갈 것 같은 형상을 하고 있어 혹약암이라 하는데 지금도 어디론가 달아날 것 같은 성난 황소 같다. 계담의 반석보, 세연지 저수를 위해 만들었다는 우리나라에서 유일한 석조보로 일명 굴뚝다리라 한다. 물이 잦아지면 돌다리가 되고 비가 많이 와 물이 불어나면 폭포로 변한다고 한다. 그 밖에도 비홍교, 사투암 같은 기암괴석들을 일일이 다 헤아릴 수가 없다. 세연은 주변 경관이 깨끗하고 계곡에서 흐르는 자연수가 거울처럼 맑아서 기분이 상쾌해진다는 뜻이다.

윤선도가 명문 '어부사시사'와 '오우가' 등 수많은 시를 창작하고 강론을 즐기던 낙서재와 동천석실이 있다. 산중턱에다 천년 바위를 이용해 단칸 정자를 지어 독서와 사색을 즐겼다는 곳이다. 등산 난코스처럼 줄을 잡고 오르기가 여간 힘든 게 아니었다. 석실에서 멀리 보이는 곡수당은 고산이 85세까지 살며 장수한 집이라고 한다.

시인 도연명은 중국의 도화원을 인간선경 세외도원이라 극찬을 했다는데. 내가 본 도화원은 조그마한 골짜기 전부 복숭아밭이고 야트막한 산은 대나무 숲으로 복숭아밭을 둘러싸고 있었다.

천혜의 낙원 보길도는 섬 전체가 동백의 화원이라 한다. 11월부터 꽃이 피기 시작하면 한겨울 눈 속에 만개하여 이듬해 4월까지 볼 수 있어 관광객들이 줄을 잇는 동방의 명승지다. 보길도가 세계자연유산에 등재될 날도 머잖은 듯싶다.

차창을 부딪치는 거센 빗소리가 그저 짜증스럽기만 하다. 재작년 보길도여행 때 곡수당 옆 개천 물소리가 옥이 구르는 듯해서 낭음계라 부른다는 그 명징한 물소리가 지금도 귓가에 쟁쟁하다.

이번 여행에선 비 때문에 보고 들은 게 없어 아쉽지만 금오도 머위나물과 방풍나물 맛은 별미였다. 여행에선 늘 낯선 것에 대한 새로움으로 귀와 눈이 즐겁다. 입까지 즐거우면 금상첨화가 아닐까.

약수

오뉴월 불볕 아래의 페트병에 송골송골 식은땀이 맺혀있다. 목안까지 물배로 가득 채운 둥글고 네모난 크고 작은 플라스틱 병들의 물방울이 함초롬 풀잎에 머금은 아침 이슬처럼 싱그럽다.

우리 동네 야트막한 동산기슭에 차갑고 물맛 좋은 약수가 있다. 10여 년 전 이곳 안산 상록수로 이사 왔을 때다. 그 당시는 약수터가 교회 마당 안에 있어 대문 안으로 드나들기가 여간 미안하고 불편한 게 아니었다.

결국엔 교회에서 이웃과 동민들의 편의를 위해 대문 밖에다 상수도처럼 공사를 하여 밤,낮 가리지 않고 아무 때나 수도꼭지만 틀면 약수를 받을 수 있게 해놓았다. 상록수 주변은 말 할 것 없고 먼 타동에서도 입소문을 타고 많이들 약수를 받아간다. 그때문에 산 밑 도로엔 자동차와 자전거, 손수레들로 장사진을 이룬다. 하지만 약수가 항시 일정 양으로 잘 나와 금방 차례가 돌아온다.

60년 대 초 서울 신길동으로 처음 이사했을 때다. 시골에서 장설이 내리고 폭우가 쏟아져도 먹을 물을 동이로 이고 나르던 때가 엊그제 같은데, 말로만 들은 수도꼭지를 틀자 쏴아 하는 시원스런 소리와 함께 허연 물줄기가 환상의 작은 폭포수를 연상케

했다.

그런데 서울 변두리 지역, 달동네 같은 곳은 수도시설이 완공되기까지 오랜 세월이 걸렸다. 그 당시는 수돗물을 우물처럼 그대로 받아 마셨다. 얼마만큼 세월이 지났을까? 나라 형편이 나아지면서 국민건강을 위해 라디오와 TV에서 수돗물을 끓여서 먹으라고 홍보를 했다. 그때부터 보리차와 옥수수차를 넣고 끓여서 먹기 시작하자 율무와 결명자, 둥굴레, 갈근, 영약으로 알려진 영지버섯까지 몸에 좋다는 차茶 종류들이 시중에 넘쳐났다.

내 고향에선 산속 옹달샘이건 길가 우물이건 거리낌 없이 퍼마셔도 배탈났다는 말을 들어본 적이 없었다. 서울에 이사 와서 하루 이틀도 아니고 매일같이 물을 끓이는 것도 예삿일이 아니었다. 그런데 때맞추어 선보인 것이 정수기다. 버튼만 누르면 차갑고 뜨거운 물이 동시에 나와 바로 받아먹을 수 있고 커피 물도 따로 끓일 필요가 없어 인기가 대단했다.

하지만 300여만 원대의 고가품이 서민들에겐 보고도 못 먹는 그림 속 떡과 같았다. 그런데 너도나도 정수기 회사들이 우후죽순처럼 생겨나며 할부 또는 월부로 대여까지 해주었다. 외상은 검정소만 잡아먹는다던가. 공공장소는 말할 것 없고 일반 가정에서도 정수기 없는 집이 없을 정도였다.

수십 번 망설인 끝에 가족의 건강을 위해 생전 처음 거금을 들여 정수기를 구입했다. 세상엔 아무리 완전무결한 것은 없다지만 정수기는 눈에 보이지 않는 세균들의 온상이라고 한다. 처음 TV를 통해 들었을 때, 갑자기 쇠망치로 얻어맞은 듯 한동안 머릿속이 멍했다. 어떻게 할까. 후회가 물밀 듯 밀려온다. 궁여지

책으로 정수기 물을 받아 다시 끓여서 먹기로 했다. 그런데 또 다시 TV에 출연한 어느 박사양반. 이번엔 미네랄, 칼슘, 나트륨 등 수많은 영양소를 운운하면서 숨 쉬는 생수를 먹어야 한다고 침이 마르게 역설을 한다. 조변석개朝變夕改라 했던가. 어느 장단에 춤을 출까?

우리 집 부엌살림 목록 중 제 1호인 싱싱하고 멋진 정수기만 철석같이 믿어왔다. 마음씨 고운 동네사람들은 처음 이사 온 이웃을 위해 가까운 청계산에 물맛 좋은 약수가 있다고 가르쳐 주었다. 하지만 나는 자랑삼아 우리는 정수기물을 먹는다며 콧방귀만 뀌면서 여유작작했다.

사람은 관棺 속에 들어가도 고손자가 걸려서 입찬 말을 못한다고 한다. 옛말 어디 틀린 적 있었던가. 스스로 반성하며 동네 사람들이 끔찍이 아끼는 약수터를 처음 찾아갔다. 주차장과 도로 갓길까지 물 받으러 온 자동차들이 빼곡히 들어차 있었다. 등잔 밑이 어둡다더니, 서울차가 더 많았다.

약수터 들머리 100여m 전방엔 도로 양쪽에 기둥을 세우고 굵은 쇠사슬을 한쪽 기둥에다 고정을 하고 다른 한 쪽엔 자물쇠를 채워 놓았다. 자동차는 더 이상 들어갈 수가 없고 사람들은 옆으로 드나들게 되어 있었다.

약수터엔 커다란 거북이가 밤낮없이 입에서 콸콸 쏟아내는 물줄기 앞에 크고 작은 물통들이 꼬리에 꼬리를 물고 있다. 돌 거북 옆엔 의왕시에서 수시로 수질검사를 하여 1급수 검인표를 고상하게 팻말에다 새겨 놓았다. 동네사람들의 생명줄 같은 식수원인 청계산 약수를 그때부터 먹기 시작했다.

그런데 의왕시 청계동 830번지 30여 가구가 주택공사에 수용되고 말았다. 늘그막에 200여 평 대지에다 손수 지은 그림 같은 전원주택을 울며 겨자먹기로 빼앗기듯 넘겨주고 어쩌다. 안산으로 오게 되었다.

이곳에 와서 정붙이고 살아온 지 어느새 또 10여 년이 훌쩍 지나갔다. 눈에서 멀어지면 마음도 떠난다더니, 내가 사는 상록수 물이 좋아 두고 온 청계동 약수를 잊고 살았다. 언젠가 청계산에 올라 도토리를 줍고 내려오다 목이 말라 오랜만에 약수터를 찾았다. 거기엔 항시 동민들의 건강을 지켜주고 시원하게 갈증을 풀어주는 살아 숨쉬는 생명수의 원천이 흐른다.

그런데 어떻게 된 조화일까? '청계동 약수는 음료수로 부적합합니다.'라고 청천병력 같은 팻말이 세워져 있다. 너무나 큰 충격에 물바가지를 든 손이 부들부들 떨린다. 돌거북은 아는지 모르는지 예나 다름없이 맑고 시원한 약수를 명징한 소리로 콸콸 쏟아낸다. 누가 왜, 모태처럼 깨끗한 생명줄인 착한 물을 모함시키는가?

천년고찰 청계사 약수도 이미 오래전에 수질검사에서 부적합 판정을 받았고, 관악산 몇 군데 약수터도 출입금지 되었다. 설악산 주전골 그 유명한 국보급 오색약수도 서서히 제 기능을 잃어간다는 안타까운 소문이고 보면, 물이 살아야만 이 세상의 모든 동식물도 살아날 수 있을 것이다. 나는 덜컥 겁부터 난다. 더워서 목이 타고 화가 나 열이 오른다. 그래도 믿고 싶지 않아 약수 한 바가지 퍼서 벌컥벌컥 들이켠다. 관자놀이가 찡하게 차가운 옛 물맛 그대로다.

요즘 사람들 대부분이 약수도, 정수기 물도 아닌 석유만큼 비싼 생수를 사서 마신다. 내가 사는 안산, 이곳 약수는 언제까지 살아있는 식수로 남아 있기를 바랄뿐이다.

주영애 | 2006년『문학산책』등단. 시집『내 자리는 왼쪽이다』
수필집『연분』ju-a-young@hanmail.net

수필 | 최 태 희

적과의 동침

아무리 생각해도 어이가 없다. 뒤통수를 한 방 얻어맞은 듯 멍해진다. 실수라고 넘기기에 너무나 황당하다.

주방 싱크대 밑에 양념 통들과 잘 안 쓰는 그릇을 보관하는 수납장에서 이상한 악취가 풍겼다. 처음에는 문을 열어놓으면 괜찮으려니 했는데 갈수록 심해졌다. 문을 열면 주방 가득 오래된 정화조에서 풍기는 듯한 쿰쿰한 냄새로 식구들이 코를 막을 지경이다.

씻어 놓은 그릇에서 나는 냄새는 아닐 테고, 아무래도 양념이 흘러나온 것 같아 양념 통들을 모두 꺼냈다. 생선에서 내장을 꺼내듯 끄집어내고 보니 한 보따리다.

소금 종류만 해도 호렴에 꽃소금과 구운 소금, 녹차 소금 등 몇 가지인지 모른다. 식초도 2배 식초, 감식초, 현미식초 등 한두 개가 아니고 간장도 국간장에 진간장, 저염간장, 맛간장, 조림간장 등 양념으로 쓰는 종류가 이리도 많았나 싶다.

양념 통들을 모두 꺼내고 잘 쓰지 않는 프라이팬과 어쩌다 한 번씩 바람 쏘이는 돌솥과 뚝배기 몇 개만 남겨두었다. 그러나 양념 통을 모두 꺼냈어도 마찬가지였다. 양념이 바닥에 흘린 흔적도 없고 혹시 옆에 있는 개수대와 연결된 곳에 이상이 있는지 살펴봐도 알 수 없었다.

할 수 없이 아파트 관리실에 연락을 했다. 설비 담당자가 와서 바닥서부터 개수대 밑까지 플래시를 키고 샅샅이 살폈지만 허사였다. 잠자리에 누워서도 마음이 눅눅했다.

낮에 다녀간 작은 올케가 음식점 주방에 쥐가 들어와 쥐약을 놓았더니 하수구 안에서 죽었다는 말을 들은 터라 혹시 쥐가 집안에 들어와 구석에서 썩고 있는 것은 아닐까 하는 생각에 잠을 설쳤다.

어차피 잠은 달아났고, 염천 삼복더위처럼 뭔가 알 수 없는 것이 푹푹 썩고 있다는 생각에 다시 한 번 살펴봐도 악취만 가득할 뿐이다. 아침이면 주방 쪽에서 불어오는 바람결에 음식 분리수거 쓰레기차가 남기고 간 여운처럼 형상을 알 수 없는 적과의 동침이 근 한 달 이상 계속되었다.

한가한 주말, 작심하고 원인을 알기 위해 남아있는 그릇마저 모두 꺼냈다. 숯을 하나 가득 구석에 넣어 두었지만 냄새는 배수가 안 되는 썩은 연못처럼 고여 있었다.

프라이팬과 뚝배기를 꺼내고 돌솥을 꺼내며 무심코 뚜껑을 여는 순간, 기겁을 했다. 돌솥에는 음식찌꺼기에 핀 곰팡이가 접시꽃처럼 함빡 피어 있는 것이 아닌가. 이럴 수가, 그동안 풍겼던 악취가 바로 이것이란 말인가.

곰곰이 생각해 보았다. 한 달 전쯤 일까, 수납장 구석에 있는 돌솥을 보니 찬바람이 나면 굴밥을 하던 어머니 생각이 나서 일 년에 한두 번 쓸까 말까 한 돌솥에 생선조림을 하던 기억이 떠올랐다.

그런데 가스레인지에 있어야 될 그릇을 왜 수납장 안에 두었는지 도무지 생각이 나지 않았다. 나도 모르게 넣은 것이 분명했다. 무심결에 행해진 나의 행동과, 뚜껑만 열었어도 알 수 있던 것을 전혀 모르고 그동안 전쟁을 치른 것이 황당할 뿐이었다.

순간, 어떤 사람이 냉장고에 핸드폰을 넣고 찾지 못했다는 말도 떠올랐고 요즘 들어 가끔씩 가스 불을 약하게 켜 놓은 채 출근하는 등, 언제부턴가 사소한 일에 실수를 연발하고 약속도 잘 잊어버리는 자신을 보며 혹시 치매 전조 증세는 아닐까 하는 생각이 스친다.

치매, 15분에 1명이 생길 정도로 빠르게 증가하는 치매는 30년 후에는 200만 명이 증가 될 정도라니 심각하다. 얼마 전에 뇌 검사를 위해 MRI 촬영을 하면서 치매 검사를 한 적이 있다. 여러 항목 중 몇 가지가 해당되었지만 치매는 아니었다. 인지능력 검사를 하면서 벌써 치매를 걱정하는 나이가 된 것이 서글퍼져 마음까지 가라앉게 한다.

몇 년 전, 방산시장에 들렀다가 종로 5가 지하철역으로 갈 때 보았던 황당한 일이 떠올랐다. 역 근처에 화장실이 있어 줄을 서서 기다리고 있는데 황급히 들어서는 사람이 있었다. 얼굴은 사색이 되고 바지는 온통 오물이 묻은 채, 순서를 기다릴 틈도 없이 화장실로 들어가는데 악취로 인해 기다리는 사람들이 코를 막을 정도였다.

모양새로 볼 때 60대 중반 쯤 보였다. 바지 밑 부분은 오물로 가득했다. 감당 못 할 설사가 원인인 듯싶었다. 기다리던 사람들은 심한 악취로 코를 막고 가버렸지만 그 상황에서 자리를 뜰 수가 없었다. 그가 들어간 화장실에서는 반복해서 물 내리는 소리와 부스럭대는 기척만 들릴 뿐 나올 기색이 없었다.

그가 당했을 어처구니없는 상황과 어떻게 대처할 것인지 도와줄 생각으로 노크를 했다. 살짝 얼굴을 드러낸 그는 혼이 나간 사람 같았다. 오물 투성이가 된 바지를 벗어 양변기에 고인 물로 빨고 있었다. 세제도 없이 물로만 헹구는 것은 악취가 완전히 가시지 않을 것이고, 냄새가 없어진들 젖은 옷을 어떻게 입고 갈 것인가.

저런 상황이면 누군가의 도움이 필요할 것 같았다. 지하철을 나서면 방산시장이라 바지와 속옷을 사다 줄 요량으로 물었더니 괜찮다는 말만 들려왔다. 손사래 치며 알아서 할 테니 가라고만 채근 한다. 나오지도 못하고 양변기에 고인 물로 세탁하면서 어처구니없는 상황에 얼마나 비애감을 느꼈을까. 아마 자신의 치부를 드러낸 것 같아 모습을 보이고 싶지 않았을 것이다.

나이가 들면 행동이 굼뜨고 감각도 아둔해지기 마련일까, 생리적으로 생긴 현상을 감당하지 못한 자신에게 얼마나 난감했을지 남의 일 같지 않았다. 내가 그런 상황이라면 어떠했을까, 자책감에만 빠져 나 역시 남의 도움을 외면했을까. 그러나 비애감에만 빠져 부끄러워만 할 것이 아니라 도움을 받는 것이 더 지혜로운 생각이 들면서 돌아서는 발걸음이 무거웠다.

주방에서의 악취 사건은 나를 점검하는 계기가 되었다. 꽃 바지 입고 룰루랄라 콧노래 부르며 전화번호를 보기만 해도 외우던 젊었을 때와, 60명이 넘는 학생들 이름과 번호까지 외우던 시절을 비교 할 것이 아니라 지금의 나를 인정해야 한다. 사소하지만 황당한 실수를 할 때마다 난감해 할 것만이 아니라 있는 그대로를 받아들여야 한다. 젊었을 때와 나이가 든 현재의 모습을 비교하는데서 오는 무력감과 허탈감은 자신을 더 비참하게 만들기 때문이다.

죽음보다 잔인하고 암보다 두려운 것이 치매라고 한다. 치매는 후천적인 일종의 뇌질환이다. 뇌손상으로 기억력이나 언어 능력, 판단력 등 인지 기능에 장애가 오는 병이니 누구나 걸릴 수 있는 병이다.

화장실에서 볼 일을 보고 나서 지퍼를 열어둔 채 그대로 나오면 건망증이고, 지퍼를 열지도 않고 그대로 볼 일을 보면 치매라는 우스갯말이 생각난다. 나이가 들어 사소한 실수들을 건망증으로만 위로삼기보다 치매를 긍정적으로 받아들이는 마음가짐이 중요한 것은 아닐까. 평소에 뇌를 활성화시키는 운동과 습관을 기른다면 호전될 수 있다고 하니 다행이다.

적과의 동침은 끝났고, 세월이 주는 훈장 앞에 비친 지금의 내 모습을 보며 '이만하면 아직 괜찮다'고 다독여본다.

초록은 동색

바짓단을 줄이려고 꺼내보니 한두 개가 아니다. 옷 수선 집에 맡길까 망설이다 먼지를 뒤집어쓴 채 구석에 처박아 둔 재봉틀을 꺼낸다.

어린 시절, 친구들과 놀다가 집에 들어서면 음악처럼 들려오던 재봉틀 소리. 사방에 흩어진 옷가지들 사이로 어머니는 재봉질이 한창이다. 아버지가 사준 재봉틀은 우리 집에 온 지 70년 가까운 세월을 보냈다. 미쯔비시라는 금박 글씨가 거뭇거뭇 지워지긴 했지만 아직도 맹활약 중이다.

할머니 버선이며 이불 홑청 등 재봉질에 여념이 없는 어머니 머리 위로 봄날 아지랑이가 물안개처럼 피어오르곤 했다. 마루 위에 머물듯 말듯 들어온 햇살은 주변을 생각 없이 맴돌고, 재봉틀을 열심히 돌리는 모습은 경건하기까지 했다.

어머니는 손수 입을 속옷이나 아이들 잠옷 정도는 거뜬하게 만들었다. 몸에 착 달라붙는 속옷은 불편하다며 여름이면 몸에 붙지 않는 인조견으로, 겨울이면 융으로 된 속바지를 만들었는데 헐렁한 속옷을 즐겨 입었다.

돌아가시고 난 뒤, 장롱 서랍장에는 사다드린 속옷들이 상자째 쌓여 있고 꽃무늬가 희미하게 바랜 융바지는 수의처럼 누워

있다. 그 중 앞부분에 주머니가 달린 융바지를 좋아했는데, 주머니가 벌어지지 않게 손때 묻은 옷핀이 그대로 달려있다. 입던 옷들을 처분하면서도 융바지만은 몇 년이 지나도록 그대로 두었었다.

어머니의 교육열은 유별났다. 교육은 마치 어머니의 신앙과도 같았다. 6학년 올라가자마자 교육제도가 바뀌어 경기도에서 서울에 있는 학교로 진학 할 수가 없게 되었다. 중학교 진학을 위해 어머니는 부랴부랴 서울로 전학을 시켰다.

처음으로 가족들과 떨어져 서울 이모 집에서 살게 되었다. 서울 청운초등학교로 전학을 갔는데, 학교 건물부터 기가 죽었다. 만화책에서 본 디즈니랜드 건물처럼 보이는 교정과, 하나같이 뽀얗고 얼굴이 흰 서울 아이들을 보니 겁부터 났다. 시골에서 올라온 나는 왕따를 당할 때마다 안양초등학교의 아까시 동산과 코흘리개 친구들이 그리워 목이 메곤 했다.

초등학교 때는 눈이 나빠 앞자리에 앉았으면 좋겠다는 구실로, 중학교 때는 가족들과 떨어져 있는 안쓰러움에 어머니는 학교에 자주 드나들었다. 학부형 소집일도 아니건만 어머니가 학교에 오는 것이 불편했다. 어쨌든 초등학교부터 대학까지 서울에서 학교를 다닐 수 있던 것은 순전히 어머니의 교육열 때문이다.

어머니의 교육열이 내게도 이어진 것일까. 대학을 졸업한 딸은 프랑스로 유학을 떠났다. 삼사 년이면 될 줄 알았는데 10년 만에 공부를 마치고 돌아왔다. 넉넉지 않은 월급생활에서 생활비를 줄이며 유학을 마친 것은 나의 교육열보다 어머니의 교육열이 내 무의식 속에 스며든 결과인 듯하다.

오빠와 나를 초등학교부터 서울로 학교를 보낸 어머니도 아버지 월급으로 빠듯한 생활을 했을 것이다. 두 아이에 대한 생활비에 교육비, 용돈 등 만만치 않았으리라. 나 역시 딸에게 송금을 하고 돌아올 때 보람도 느꼈지만, 등줄기에서는 찬바람이 휭 하니 돌고 했다.

돌아보면 어머니를 닮아가는 것이 한두 개가 아니었다. 일부러 노력한 것도 아닌데 어느새 어머니와 닮아가는 자신을 보거나, 딸이 할머니와 똑같은 점을 지적 할 때면 흠칫 놀라곤 한다. 음식 솜씨나 말투, 성격까지 닮아가는 것을 볼 때 부모는 자식의 거울이라는 생각이 든다.

친정아버지를 모시게 되면서 음식 문제가 큰일이었다. 그러나 아버지의 입맛을 잘 감당할 수 있을까 염려한 것은 기우였다. 가랑비에 옷 젖듯 나도 모르게 음식 맛까지 어머니에게 전수 받아 은근히 까다로운 아버지의 입맛을 지켜가고 있으니 말이다.

생전의 어머니는 손 재봉질이 불편하다며 재봉틀을 개조했다. 자그마한 모터를 달고 발로 밟을 수 있는 페달을 다니 발재봉틀처럼 되었다. 페달을 살짝살짝 발로 눌러만 주면 두 손으로 재봉질을 할 수 있어 여간 편한 것이 아니었다.

먼지를 닦고 재봉틀 뚜껑을 연 다음 탁자에 재봉틀을 얹고 난 뒤에 실을 끼운다. 북집도 꺼내 같은 색으로 끼워 넣고 노루발 밑에 옷감을 가지런히 놓아 바느질을 시작한다.

드르륵, 드르륵 재봉틀 소리가 탁구공처럼 경쾌하다. 어린 시절 들었던 낭랑한 어머니의 재봉틀 소리가 살아 움직여 손끝에서 울려 퍼진다. 소리는 어머니 머리 위로 넘실대던 봄날의 아지랑이처럼 재봉틀 너머 나비같이 팔랑거리며 넘나든다. 재봉질을 하면서 나는 어머니와 또 하나의 같은 색깔을 만들고 있다.

재봉질을 하는 내 모습을 보더니 아버지가 반색을 한다. 재봉질을 하던 어머니가 생각나서일까, 아니면 어머니가 하던 일을 이어받는 것이 대견해서일까. 재봉질하는 내 곁에서 윗실 거는 방법이나 실거는 순서가 잘 되었는지 확인하며 조심하라고 당부한다.

재봉질을 끝낸 후 다림질까지 마치고 나니 깔끔하다. 옷 수선집에 맡기지 않고 마무리 한 것이 뿌듯하다. 재봉틀 너머로 아버지도 한몫 거든다. 오랜 세월을 두고 함께 한 재봉틀이 대견하고 기특한 듯 구석구석 살피더니 부속마다 기름칠도 해주고, 모터에 있는 벨트도 새것으로 바꿔 주었다.

신혼 시절 아버지는 어머니를 위해 박봉을 털어 재봉틀을 샀다고 한다. 그 당시 미쯔비시 재봉틀 가격이 만만치 않았다고 한다. 그것을 볼 때마다 두 분의 알콩달콩 했던 기억들이 떠오를 것이다. 윗실과 밑실이 만나 촘촘한 바느질로 옷을 만들듯이 두 분의 마음과 마음도 그렇게 엮어갔으리라.

부부가 만나서 사는 일이 신혼처럼 늘 달콤한 것은 아니었을 것이다. 재봉틀의 윗실과 밑실이 옷감 두께 한가운데에 알맞게 얽혀져야 안팎이 고운 바느질이 되듯이 서로 다른 성격이 만나 하나가 되기까지 우여곡절이 어디 한둘이었을까.

윗실과 밑실의 장력 조절이 잘 맞지 않으면 바느질이 곱지 않다. 윗실 조절기나 밑실 조절나사를 돌려 바늘땀이 잘 되도록 조절해야 되고, 시작할 때와 끝날 때에도 솔기가 풀리지 않게 후진 누름 장치로 되돌려 박아야 하니 재봉질도 쉬운 일이 아니다. 하물며 서로가 다른 부부가 만나 살아가는 것이 녹록지는 않았으리라.

두 분은 60년을 해로했다. 결혼 60주년이 되던 해에 어머니는 돌아가셨다. 부대끼고 함께 한 세월 속에 모습은 달라도 같은 색깔로 닮아가는 것이 부부다. 홀로 된 아버지를 모시며 외로움을 잘 감당할까 우려되었지만 생각보다 잘 견디었다. 어머니와 닮은 나를 통해 덜 외롭던 것은 아니었을까. 어머니와 나, 초록은 동색이니까.

최태희 | 2009년 『문학산책』 등단. 수필집 『다무락』
cth0154@hanmail.net

수필 | 황복선

배다리

푸른 하늘도 이젠 나이가 들었나 보다. 바쁘게 돌아가는 세상에 어정쩡하게 걸터앉아 따라가기에 숨이 턱까지 차오른다. 머물러 있자니 도태되는 것 같고 쫓아가자니 힘에 겹다. 그래도 안간힘을 쓰고 지금까지 잘 버티는 중이다.

신포시장에 차를 세웠다. 신포시장은 허기진 나의 이십 대를 품어 주던 곳이다. 내가 인천에 산 것은 불과 5, 6년에 불과하다. 스물두 살에서 시집갈 때까지이지만 내 반항도 방황도 분노도 기쁨도 외로움도 다 품어 주던 곳이 동인천이다.

배다리를 찾아가면서 옛 모습이 사라지고 혹여 새 도시가 형성되지 않았을까 걱정이 앞선다. 배다리는 예전에 낡고 후미진 골목들이 기분 좋게 추억을 더듬을 수 있게 탈바꿈되어있다. 기억 또는 추억에만 머물러 있겠거니 했던 골목길이 살아 숨 쉬는 풍경으로 바뀌어 있지만 어딘가 시골 사람 잔칫날 새 옷 입은 느낌이다. 내가 배다리를 찾아온 것은 옛 시간의 마디마디를 더듬는 일인지도 모른다.

예전에는 밀물이 밀려온 것처럼 많은 사람이 북적거리던 그곳은 썰물 빠져나간 듯 한적하니 스산하기까지 하다. 한때 이곳은 화려한 번화가로 젊은이들의 낭만의 거리였다. 그 화려함의 영

광은 떠나고 초라한 건물들만이 우리를 반기고 있다. 이곳에 살던 사람들은 이런저런 이유로 이곳을 떠나 새로운 도시에서 살고 있을 것이다. 지하상가를 돌아 나오니 애관극장 간판이 보인다. 극장도 시대에 따라 많이 변했는데 아직도 이 곳은 화가가 그린 간판이 당당하게 걸려있다. 어려서 극장 위에 걸린 간판의 배우 얼굴과 영화 속의 한 장면을 보면서 나는 호기심과 상상력을 키우고는 했다. 이 시대가 아니라 이십 대로 돌아간 착각이 든다. 배다리를 가기 위해 골목을 들어서니 일명 가구 거리였던 그곳은 예전 그대로의 모습이다.

인천 동구에 위치한 배다리는 주로 송현동, 금곡동, 창영동 일대를 말하는데 과거 항구에서부터 조성된 수로를 통해 작은 배들이 아래까지 드나들었다고 하여 지금의 이름으로 불리게 되었다.

배다리 마을은 작은 골목들로 사람들이 모여들면서 탄생했다. 개항기 때 형성되었다고 하니 백 년을 훌쩍 넘었다. 요즈음 같이 하루가 다르게 변해가는 도시 속에서 백 년은 옛 모습을 지우고도 남을 만한 시간이다. 동생과 내가 찾아갔을 때에도 백 년이란 시간은 옛 풍경에 새로운 풍경을 더 하여 차곡차곡 쌓이기만 한 느낌이다. 이곳은 인천의 개항기와 근대기, 현대의 산업화 시기의 역사가 잘 어울려 있는 곳으로 근대와 현대가 잘 맞물려있다. 내가 이곳의 추억을 잊지 못하고 다시 찾은 것은 옛 추억과 향수를 느끼고 싶어서이기도 하지만 무엇보다도 예전의 헌책방 거리를 들러 보기 위해서이다.

지하상가는 젊은 친구들이 북적댔지만 나는 동인천 뒷골목 배다리 헌책방 거리에 관심이 많았다. 내가 독서광은 아니었지만 적은 돈으로 꿈을 살 수 있는 유일한 곳이었다. 온 종일 헌책방에서 책 한 권 사서 나올 때까지 긴 시간이 흘렀던 기억이 있다. 예전에는 보고 싶은 책이 있어도 그것을 구할 수 없어 한 권의 책을 구하기 위해 수없이 책방을 들락거렸고 아는 사람에게 부탁하기를 마다치 않았던 시절이었다.

헌책방 거리는 시대를 따라가지 못하고 몇 집만 명맥을 잇고 학교 앞이어서인지 문구점으로 바뀌어 있다. 동생과 한 책방에 들어가니 추억의 냄새가 반긴다. 그래도 들어왔으니 한 권 사갈까 한참을 이 책 저 책을 들여다보았다. 책 한 장을 넘기니 누군가가 누구에게 선물로 주었던 책인 듯 사인이 있었다. 책들이 주인에게 버림받고 이곳까지 흘러온 것을 보면서 나도 사인을 해서 지인들에게 주었던 기억이 났다. 그 책들도 버림받아 사라지지 않고 그래도 이곳에 있다면 다행이라는 생각이 든다. 그 옛날에는 손님이 많았지만 지금은 그저 문만 열어 놓고 손님이 들어와도 반기지도 않는다. 지금은 옛 추억과 향수를 느끼고 싶어 찾는 사람들의 발길만이 책을 사려는 사람보다 많다고 한다. 내게 희망을 주던 곳이었는데 나 또한 추억을 느끼고 싶을 뿐이다.

헌책방 거리를 돌아 나오니 학교 담벼락에 동네 이야기를 들려주는 할머니 그림이 우리의 발목을 잡는다. 벽화 마을 속 할머니의 독백에 시선이 머문다. '나는 천구백삼십 년대부터 이곳 창영동에 살았단다. 이 마을에 다시 나무도 많아지고 사람들이 모여 이야기할 수 있는 곳도 있으면 참 좋겠구나. 함께 산다는 건 옛날과 지금 그리고 앞으로 어떻게 살아가야 할지를 함께 나누어 가는 거란다. 그래서 난 이 마을이 좋고 사라지지 않았으면 좋겠어.' 할머니의 독백이 추억을 더듬고 나오는 내 가슴에 잔잔한 바람이 분다.

스페이스 빔은 예전에 양조장을 고쳐 작은 문화공간으로 쓰고 있다. 그 앞에 오즈의 마법사에 나오는 심장이 없는 깡통 인형이 우리를 반긴다. 깡통 인형은 근대와 현대 사이의 과도기를 거치면서 현대를 따라가지 못해 주눅이 들어서인지 고개를 숙이고 그 곳을 떠나지 못하고 쓸쓸하게 지키고 있다. 동생과 나는 변하지 않은 배다리를 돌아 나오며 그래도 과거의 모습이 그대로 있는 것에 안도의 한숨을 쉬었다. 언젠가는 그곳도 새 물결이 불겠지만 살아남기 위해 안간힘을 쓰는 모습이 내 자화상이리라. 배다리는 '우리가 지켜야 할 인천의 역사입니다.' 라는 문구들이 집집이 걸려 있는 모습에 그래도 어디 한 곳이라도 변하지 않고 있다는 것이 내심 반가웠다.

옛날과 지금 앞으로 어떻게 살아가야 할지를 나누는 곳, 배다리는 끼인 세대에 사는 나를 위로해 주고 품어주고 안아주고 허기진 마음을 보듬어 주고 무조건 새것이 좋다는 욕심을 버리게 하는 곳, 버릴 수 없는 고집과 아집까지도 괜찮다고 받아 주는 곳, 느리고 서툴지만 낭만이 있는 곳, 새로운 것을 좇아 굳이 변화하지 않아도 도태되지 않는 곳, 그곳이 바로 배다리이다. 옛것이 좋다고 하지만 언젠가는 이곳도 변화의 바람이 불 것이다. 현대의 흐름을 배다리도 거스르지 못할 것은 자명한 일일 것이다. 과거와 현대를 훌쩍 넘나드는 경험을 하는 곳, 배다리는 나의 현주소이다.

구멍 난 신발

어둠이 내리고 있다. 아파트 난간에 기대어 엘리베이터 소리에 촉을 세우기를 몇 시간째이다. 학교에서 돌아올 시간은 자꾸 흘러간다. 전화벨 소리에도 촉을 세운다. 몇 시간이 지나서야 전화벨이 울린다. 아이 친구 엄마가 애 데려가라고 쇳소리보다 더 차갑게 장소를 일러 주고 끊는다.

신발은 신었는지 정신없이 찾아갔을 때에는 이미 많은 부모가 웅성웅성 한숨을 쉬고 있다. 반 친구들끼리 부모가 집을 비운 친구네 집에 모여 놀고 있다. 나는 아무 말도 하지 않고 아이만 데리고 나왔다. 아이는 교복 차림에 며칠 전 사달라고 졸라서 산 메이커슬리퍼를 신고 있었다. 집으로 돌아와 아무 말은 안했지만 슬리퍼를 가위로 못 쓰는 종이 자르듯 잘라 버렸다. 아이는 밤새 슬리퍼를 끌어안고 울며 잤다. 아침은 밝아 오고 일어나지 않는 아이를 바라보며 돌아오지 않는 기차를 놓친 것처럼 가슴이 덜컥 내려앉았다.

그리고 이사와 함께 전학했다. 집에서는 엄마의 성화에 못 이겨 학교 간다고 나갔지만 거리에서 시간을 보내고 들어오는 느낌이었다. 거리로 내몰 수 없어 결석신고를 하고 집에 있기로 했다. 그때는 학년이 바뀌면 학교로 돌아가리라 가볍게 생각했다.

집에서 하는 일은 밤새 게임과 낮잠과 텔레비전이 아이의 친구가 되었다. 하늘이 무너지는 느낌이었다. 집 밖으로 나가려고 하지 않았다. 교복 입고 지나가는 아이들만 봐도 눈에서 눈물이 저절로 흘렀다. 그 길로 학교로 돌아가지 않았다. 아니 신발을 신으려고 하지 않았다.

몇 년이 지나서 캄보디아 의료 봉사를 가지 않겠느냐고 제안을 했다. 외국에는 아는 사람이 없어서 갈 수 있다고 했다. 아이는 캄보디아를 다녀와서 세상을 보는 눈이 달라졌다. 배운 사람들이 봉사도 많이 한다며 대학을 통해 사회생활을 하고 싶다고 했다. 여전히 간섭을 싫어하고 시간 관리는 되지 않았지만, 학원을 가거나 하지는 않았다. 독학과 다섯 번의 수능을 치루고 나서 소신껏 전공을 선택해 대학에 갔다.

서서히 어둠이 물러가고 있다. 늦은 학교생활은 그 아이로 하여금 힘은 들었지만 최선을 다했다. 졸업과 함께 직장을 갖기를 원했지만, 배운 만큼 사회에 돌려줘야 한다며 머나먼 나라, 검은 대륙, 아프리카에 있는 케냐로 봉사를 떠났다. 떠나는 날 공항에서 아이의 신발을 내려다보았다. 낡은 신발이었다. 가서 신다가 떨어지면 버린다고 헌 신발을 신고 갔다. 철없을 때 메이커 신발과 옷, 가방을 사달라고 조르던 모습은 찾을 수 없었다.

그 아이가 간 카바넷 지역은 케냐의 수도 나이로비에서 북서쪽으로 260km 떨어져 있는 해발 2,000m 이상의 고원 지대이다. 전체 주민 칠만여 명 중 어린이는 오천 명 정도, 이들 중에는 신발을 신은 어린이는 극히 일부이고 그 신발도 온전한 것은 별로 없다고 했다. 아이가 신고 간 신발은 그곳에서의 바쁜 생활을 말해 주듯이 어느새 구멍이 났다. 케냐 어린이의 맨발과 자기의 구멍 난 신발을 사진에 담았다. 그곳 아이들의 발은 굳은살과 흉터로 딱딱해 보기에 안타깝다며 상처를 통한 감염으로부터 발이 안전해질 수 있도록 신발을 보내달라는 기사가 사진과 함께 신문에 났다.

코끼리 증후군이라는 상피병은 맨발로 다녀 기생충이 피에 침투하게 되고 시간이 지나면 치료를 할 수 없어진다. 아이들만의 문제는 아니다. 그렇게 어릴 적부터 상피병을 앓다가 악화되면 걷는 것조차 힘들고 심지어 절단해야만 한다. 사실 초반에 치료하고 신발을 신으면 충분히 잡을 수 있다고 한다. 기생충이 발톱 사이에 알을 까고 또 파고들고 다리까지 옮아 가 단순히 가려운 것이 아니라 온 다리에 피부 속을 헤집는 고통이 있다. 발을 거대하게 하고 딱딱해져 많은 사람이 고통 받고 있다고 했다. 주로 열대지방에서 발병하는 것으로 지속적으로 신발을 신어 발을 보호하는 것만으로 예방될 수 있다는 것이다. 아이의 사진 한 장이 우리나라에서 유치원과 초등학교의 한 학급 한 켤레 '사랑의 신발 보내기' 캠페인이 벌어져 많은 신발이 그곳 아이들에게 신겨졌다. 우리는 얼마 하지 않는 치료비와 신발 한 켤레가 그들에게는 가질 수 없는 귀중한 보물 같은 것이리라.

동녘 하늘에 밝은 빛이 비치기 시작했다. 그곳에서의 생활을 보내올 때마다 마음 졸이고 살았던 시간이 한 줄기 바람 같이 온몸을 휘감고 빠져 나간다. 힘들고 어려운 시간을 잘 견디고 새로운 시간을 만들어 갈 여유를 느끼고 돌아오리라.

어찌 아이만의 문제이기만 했겠는가. 아이의 눈을 통해 새롭게 변하고 성숙해 진 것은 다름 아닌 나 자신인 것을. 서로 만들어 가는 세상을 살아가고 어느 곳에 있든지 좋은 영향을 주는 사람으로 서 있길 바라본다. 기차를 놓쳤지만 언제나 다음 열차를 기다리는 여유를 깨닫게 해준 아이에게 고마움을 전한다. 괜한 조바심으로 아이를 힘들게 했던 것이 아득하게 멀어져 간다.

신발장에 신발이 가득하다. 운동화도 종류별로 다양하다. 우리는 아침마다 골라 신는 신발이 어떤 아이들에게는 태어나서 한 번도 가져 보지 못하고 한 켤레의 신발을 갖는 것이 소망이기도 한 것이다. 우리에게 패션이기도 하지만 어떤 아이들에게 신발은 질병으로부터 보호해 주는 소중한 물건이기도 하다.

그곳에는 아직도 신발을 신지 못하는 아이들이 더 많고 앞으로도 많이 보내줘야 하겠지만, 살아가면서 나눌 것이 어디 신발뿐이겠는가. 구멍 난 신발 한 켤레가 수 백 켤레가 되듯 작은 것부터 나누는 모습이 우리가 살아가는 이유이리라. 살다가 지치고 힘들 때면 함께 했던 구멍 난 신발이 위안이 되리라 믿어본다.

황복선 | 2012년『문학이후』등단. llbsll@hanmail.net

문후작가회詞華集 · 5

딴청피우기

초판발행 2014년 10월 31일

지 은 이 문후작가회
펴 낸 이 배준석
펴 낸 곳 문학산책사
등 록 제384-2006-000002호
주 소 경기도 안양시 만안구 안양3동 병목안로 81번지. 103-1205
㊕430-717
전 화 (031)441-3337
휴 대 폰 010-5437-8303
홈페이지 http://cafe.daum.net/munsan1996
이 메 일 msh8303@hanmail.net

값 10,000원

ISBN 978-89-92102-53-7 03810

* 이 책은 안양시 문예진흥기금 일부 보조로 만들었습니다.